셰익스피어 희극

착오 희극

The Comedy Of Errors

셰익스피어 희극

착오 희극

초판 1쇄 | 2016년 6월 30일 발행

지은이 | 셰익스피어
옮긴이 | 김재남
펴낸곳 | 해누리
고　문 | 이동진
펴낸이 | 김진용
편집주간 | 조종순
본문디자인 | 신나미
표지디자인 | 안정미
마케팅 | 김진용 · 이강호

등록 | 1998년 9월 9일(제16-1732호)
등록 변경 | 2013년 12월 9일(제2002-000398호)

주소 | 서울특별시 영등포구 당산로 20길 13-1
전화 | (02)335-0414 팩스 | (02)335-0416
E-mail | haenuri0414@naver.com

ISBN 978-89-6226-055-7 (03840)

셰익스피어 희극

착오 희극

The Comedy Of Errors

김재남 옮김

해누리

차례

일러두기

*방백 _ 연극에서 등장인물이 말을 하지만 무대 위의 다른 인물에게는 들리지 않고 관객만 들을 수 있는 것으로 약속되어 있는 대사

셰익스피어 인물 소개

머리말

김재남(金在枏) 교수님은 셰익스피어 연구에 평생을 바치셨으며 이 분야에서는 우리나라에서 최고의 대가들 가운데 한 분이시다. 또한 이미 1964년에 '셰익스피어 전집' 을 번역, 출간하셨는데, 이것은 한 개인이 셰익스피어의 작품 전체를 번역한 것으로서는 우리나라에서 최초인 것이었으며, 동시에 셰익스피어 전집의 번역 자체도 전 세계에서 일곱 번째에 해당하는 일이었다. 그 후 김교수님은 30년에 걸친 1995년에 이르기까지 셰익스피어 전집을 두 번 수정, 보완하셨다.

김교수님의 이러한 탁월한 업적에 대해 우리나라의 영문학계를 대표하시는 분들이 다음과 같이 평한 바가 있어서 여기 소개한다.

"셰익스피어를 번역하는 사람은 먼저 그의 작품들을 계통적으로 연구한 전문학자라야 할 것이다. 또한 난해하거나 영묘한 셰익스피어의 표현을 우리말로 옮기는 데는 문학적 재능이 필요하다. 김재남 교수는 위에서 말한 두 가지 조건을 구비한다. 학계와 연극계의 일치된 요망에 부응하는 최초의《셰익스피어 전집》이 김재남 교수의 손으로 되어 나온다는 것은 지극히 타당한 일이라

생각한다." _ 문학박사 최재서, 1964년 초판 서문에서

"셰익스피어 번역에는 참으로 어려운 문제들이 많다. 김교수는 이 방면에 훌륭한 준비를 갖추었고 그의 노력과 열의는 높이 평가되어야 할 분이라, 이 전집 번역을 혼자 힘으로 이룩한 데 대해 경의와 찬사를 아낄 수 없다. 극문학에 큰 공헌이 될 것을 의심하지 않는 바이다." _ 문학박사 권중휘, 1964년 초판 서문에서

"이 힘들고, 범인으로서는 불가능한 일을 할 수 있는 비범한 사람이 있는가? 과연 우리에게는 용기와 끈기와 추진력에다 능력과 자격을 겸비한 적격자가 있는가? 김재남 교수님이야말로 이 모든 것을 갖춘 비범한 적격자의 한 분이라고 나는 감히 말할 수 있다. 1964년에 셰익스피어 탄생 400주년에 맞추어 선생님은 셰익스피어 전집 번역본을 단독으로 내셨다. 이것은 우리나라의 보통 큰 문화적 사건이 아니었다. 세계적으로도 손가락으로 셀 수 있을 정도의 소수이며, 더구나 단독 완역은 한둘이나 될까 매우 드문 일이기 때문이다." _ 문학박사 이경식, 1995년 3정판 서문에서

"김재남 교수는 우리 영문학계에서 '한 우물만을 판' 사람으로 유명하다. 그에게 있어서 셰익스피어는 학문의 전부였고 아마도 인생의 전부이기도 했을 것이다. 그의 평소의 신념이 작품이란, 더욱이 셰익스피어 같은 대고전은 읽고 또 읽어야 그 진가를 알 수 있다는 것이었다. 그의 문학을 대하는 태도는 이렇듯 정통적이고 비타협적이었다. 그렇기 때문에 그의 번역도 몇 번이고 새로워질 수밖에 없었을 것이다." _ 문학박사 여석기, 1995년 3정판 서문에서

이번에 김재남 교수님의 번역본을 다시 출간하게 된 것은 김재남 교수님과

조성식(趙成植, 前 고려대학교 명예교수, 학술원 회원) 교수님 사이에 맺어진 절친한 우정 때문이다. 나는 나의 장인어른이신 조교수님으로부터 두 분의 우정에 관한 이야기를 평소에 많이 들어왔고 또한 김재남 교수님의 번역본을 해누리에서 다시 출간했으면 좋겠다는 말씀을 자주 들었다. 그래서 몇 해 전에 김재남 교수님의 사모님에게 감히 전화를 걸어 구두로 허락을 받았고, 이제 드디어 출간하게 된 것이다. 다만 김재남 교수님의 번역본이 현재의 독자들에게 좀 더 읽기 쉽고 이해하기 쉽도록 난해한 한자어를 풀이하는 등 약간의 수정을 거쳤으며 재미있는 관련 삽화들을 가능한 한 많이 수록했다.

이 출간을 통하여 김재남 교수님의 탁월한 업적이 앞으로도 계속해서 더욱 빛나게 되기를 진심으로 바랄 따름이다.

李 東 震

(시인, 작가, 前 외교통상부 대사, 월간 〈착한이웃〉 발행인, 해누리 출판사 고문)

작품 해설

착오 희극

The Comedy Of Errors

《착오 희극》의 제작 연대는 1591~1592년으로 추정된다. 최초의 인쇄본은 1623년 제일 2절판이며, 최초로 연극무대에서 관객들에게 선보인 것은 1594년 12월 28일 런던 그레이즈 법학원에서 크리스마스 때 축하공연으로 기록되어 있다. 그러나 첫 번째 공연은 이보다 몇 해 전에 있었을 것으로 여겨진다.

이 극의 출원(出願)은 2천 년 전 로마의 희극 작가 플라우트스 Plautus의 '메나에크미 Menaechml와 작가 암피트루소 Amphitruo의 작품 중에서 쌍둥이 이야기와 자기 집 문전에서 거부당하는 주인 이야기 일부를 각각 원용하였다고 한다.

주인과 하인의 두 쌍둥이가 상대방을 알지 못한 채 같은 거리에서 만난다는 것부터가 있을 수 없는 일이다. 이러한 설정은 순전히 익살극이며, 이후의 희극과도 별로 연관성이 없다. 그러나 익살극치고는 한 가지 고려해야 할 점이 있다. 이 쾌활한 광대 희극의 바로 첫머리에 '사형 선고' 라는 말이 나온다. 이 죽음의 문제는 셰익스피어의 희극 작품에서 거의 제시되는 것이기는 하지만, 《착오 희극》 제1막 제1장에서 불행한 이지언이 그의 슬픈 생애를 진술하고 사

형을 선고받는 장면은 참으로 충격적이다. 이러한 쾌활하면서도 심각한 정서는 전체 분위기에 감돌고 있다.

대개 익살극이라고 하면 인위적인 어리석음의 영역에 머물러야 할 것이다. 그러나 이 광대극은 개막 초에서 사형이 강조되고, 죽은 줄로만 알고 있던 이밀리어를 찾게 됨으로써 이 작품을 읽는 독자들은 극중 인물이 마치 실제 인물 같은 착각을 할 정도이다. 주인 쌍둥이의 개성은 거의 차이가 없으나 하인 쌍둥이의 한쪽은 실제보다 다소 엉뚱하고 재치 있게 보이는가 하면, 다른 쪽은 다소 우둔한 듯하다. 두 자매인 말괄량이 아내와 민감하고 섬세한 처녀. 이 두 자매에 대해서도 우리는 실제 이상으로 공감하게 된다. 또한 낭만과 현실의 분

위기는 잠시나마 창녀까지도 훌륭한 여인으로 보이게 한다. 이로 인해 이 극은 천박하고 상스러운 대로 발전하고 있다.

셰익스피어의 작품은 극의 기교에 따라 내적 통찰과 표현에 이르기까지 연륜(年輪)과 더불어 심화 발전한다. 예를 들면《햄릿》의 제2막 제2장에서, '…… 이 인간, 참으로 천지조화의 오묘 (What a piece of work is a man.) …….' 라는 햄릿 왕자의 말에 대해서 독자는 감탄하지만, 인간이 만물의 영장이라는 그 당시, 셰익스피어의 생각은《착오 희극》제2막 제1장에서, '인간(男子)은 거의 신(神)과 같고 만물의 영장이며……' 라고 한다. 이는 벌써 루시아너의 입을 통해서 말하고 있는 것이다.

아무튼 이 극은 고전 희극을 본 따서 만든 작품답게 삼일치의 법칙(연극은 하나의 사건이 같은 장소를 배경으로 하루 안에 이루어져야 한다는 연극 이론)을 어느 정도 지키고 있을 뿐만 아니라 소극(笑劇)(관객을 웃기기 위하여 만든 비속한 연극)답게 새로운 소리가 연이어 나오고 동작도 활발하다. 또한 다른 초기의 희극들과 더불어 소극적 웃음 속에서도, 희극적 영역에서 근대적 로맨스를 중세적 로맨스로 바꾸어 놓음으로써 제2기의 낭만 희극을 암시한다. 아울러 헤어졌던 가족들이 다시 만나게 되는 주제는 말기 낭만극의 시작인 것이다.

The Comedy Of Errors

착오 희극

(1591~1592)

착오 희극

The Comedy Of Errors

아니, 저 노인이 오늘 아침에 한 얘기의 앞뒤가 이제 들어맞기 시작하네. 쌍둥이 앤티포울러스가 서로 닮았고, 쌍둥이 드로우미오도 서로 비슷하다고 했지. 게다가 수녀원장이 난파당했던 얘기도 그렇고. 이 두 사람이 저 자녀들의 부모로군. 일가족이 우연히 상봉하게 된 거야.

_ 공작이 한 말(5막 1장)

▌장소▌

에페소 Ephesus	소아시아의 옛 도시

▌등장 인물▌

소울라이너스 공작 Solinus	에페소 시(市)의 공작
이지언 Aegeon	시실리 섬 시러큐스 Syracuse 시의 상인
이밀리어 Aemilia	이지언의 아내, 에페소의 수녀원장
에페소의 앤티포울러스 Antipholus	이지언과 이밀리어의 아들, 쌍둥이
시러큐스의 앤티포울러스 Antipholus	이지언과 이밀리어의 아들, 쌍둥이
에페소의 드로우미오 Dromio	에페소의 앤티포울러스의 하인, 쌍둥이
시러큐스의 드로우미오 Dromio	시러큐스의 앤티포울러스의 하인, 쌍둥이
밸타잘 Balthazar	상인
앤젤로 Angelo	금은 세공인
상인 1 First Merchant	시러큐스의 앤티포울러스의 친구
상인 2 Second Merchant	앤젤로의 채권자
핀취 Pinch	학교 선생, 마법사
에이드리에이너 Adriana	에페소의 앤티포울러스의 아내
루시아너 Luciana	에이드리에이너의 여동생
류스(또는 넬) Luce	에이드리에이너의 하녀
창녀 Courtesan	
감옥 교도관 Jailer	
관리들 Officers	
시종들 Attendants	

* 에페수스(Ephesus)(=에페소)

지금의 터키 지역 에게해 연안에 위치한 고대 그리스 시대의 도시로, 소아시아에서 가장 중요한 사업 요충지였다.

* 시러큐스(Syracuse)

지중해의 시칠리아 섬에 있었던 고대 그리스 시대의 도시이다.

1막 1장

착오희극의 무대인 에페수수

소울라이너스 공작 저택의 홀.

에페소 시의 공작 소울라이너스, 시러큐스의 상인 이지언, 감옥 교도관, 그리고 여러 시종들이 등장한다.

이지언 소울라이너스 공작 전하, 저를 빨리 사형에 처해 주세요. 사형이 집행되면 이 세상의 불행이고 뭐고 모조리 끝나고 말 테니까요.

공작 시러큐스의 상인이여, 더 이상 변명하지 마라. 나는 법을 어기는 그런 불공평한 사람이 아니거든. 우리 두 나라 사이에 최근 발생한 적대관계와 불화는 원래 너희 나라 공작이 앙심을 품고 몸값을 못 치른 우리나라의 선량한 상인들을, 엄한 법을 핑계 삼아 사형에 처한 횡포 때문이지. 그래서 나로서도 위협의 눈초리로 대하고 동정심이란 전혀 고려하지 않게 된 거라고. 그건 사실 두 나라 사이에 생사를 건 격렬한 알력이 벌어진 이후, 우리는 무력 충돌을 선동하는 너희 시러큐스 시민들과 엄숙한 회의를 열고는 상호간의 교역을 금지한다고 결의했기 때문이야. 아니, 그 뿐만 아니라 만일 에페소 출신의 사람이 시러큐스의 시장에서 발각되거나 시러큐스 출신의 사람이 에페소 해안에 접근하는 경우, 그 누구를 막론하고 몸값으로 천 마르크의 과태료를 지불하지 않으면 사형에 처해지며, 그의 재물은 공작이 몰수하여 처분하도록 규정되었어. 그래서 너의 재물은 최고로 평가해 봤자 백 마르크도 되지 못하니까 나는 우리 법에 따라 너를 사형에 처할 수밖에 없는 거라고.

이지언 하지만 저에게는 아직 한 가지 위안거리가 있지요. 전하의 사형선고가 내려지면 저의 슬픔도 저무는 해와 더불어 끝난다는 사실 말이에요.

공작 자, 시러큐스 상인이여, 네 사연을 간단히 진술해 봐라. 도대체 너는 왜 자기 조국을 떠났으며, 무슨 일로 이 에페소에 왔단 말이냐?

이지언 말로는 표현할 수도 없는 저의 비애를 털어놓아야 하는 것보다 더 괴로운 일은 없을 테지요. 하지만 제가 사형을 당하는 것이 비열

이지언이 결심하는 장면

한 범죄 때문이 아니라 인정(人情) 때문이라는 사실을 온 세상에 알리기 위해서라도 저는 저의 슬픔이 허락하는 한도 내에서 사연을 말씀드리지요. 시러큐스 출신인 저는 한 여자와 결혼했는데, 우리에게 불운이 닥치지만 않았더라면, 아내는 저에게 행복을 주고, 저도 또한 그녀를 행복하게 해줄 수가 있었을 테지요. 저는 아내와 함께 행복했어요. 저는 여러 번 에피댐넘 Epidamnum에 항해하여 무역이 순조로운 덕분에 재산도 늘어갔지요. 그러던 중 저의 해외 대리인이 사망하여 남은 상품을 제대로 관리할 사람이 없게 되자, 저는 아내의 그리운 품을 떠나 별거하게 되었지요. 하지만 6개월도 채 지나지 않아 아내는 남편을 그리워하여 짐을 꾸려서 제가 있는 곳으로 왔지요. 그리고 얼마 지나지 않아 즐겁게도 아내는 두 아들의 어머니가 되었어요. 그런데 이상하게도 두 아이가 어찌나 서로 닮았던지 이름 말고는 구별할 도리가 없었어요. 바로 그 시각에 같은 여관에서 어느 미천한 여자도 서로 꼭 닮은 쌍둥이 형제를 해산했지요. 그런데 그 부모가 극도로 가난했기 때문에 저는 제 아들들의 하인으로 삼을 작정으로 그 아이들을 사서 길렀지요. 아내는 두 아들을 자랑하고 싶어서 귀국하자고 날마다 졸라댔어요. 저는 마지못해 동의했지요. 맙소사! 경솔하게 출항한 게 그만 실책이었어요. 에피댐넘을 떠나 약 5 킬로미터 가량 항해할 때까지만 해도, 바람길에 항상 순종하는 해상에는 재난의 흉조 따위는 전혀 보이지 않았는데, 얼마 지나지 않아 우리의 희망은 부서지고 말았지요. 왜냐하면 밤하늘에 남은 희미한 빛도 겁에 질린 우리 마음에 임박한 죽음에 대한 각오를 제공해 줄 뿐이기 때문이었지요. 저로서는 죽음을 기꺼이 맞이할 작정이었어요. 하지만 면할 수 없는 운명 앞에서 우는 아내의 그칠 줄 모르는 울음소리와 영문도 모르고 덩달아 따라서 우는 귀여운 아기들의 애처로운 울음소리 때문에 저는 그들을 위해, 그리고 저 자신을 위해 기어이 살아 보려고 했어요. 하지만 그 방법은 단 하나밖에 없었지요. 선원들은 보트를 타고 도피해 버렸고, 우리만 남아 있던 그 배는 그때 막 가라앉고 있는 중이었거든요. 아내는 쌍둥이 중에 나중에 태어난 아이를 더 소중히 여겨서 선원들이 폭풍우가 닥칠 때를 대비하여 마련해 둔 작은 예비용 돛대에 그 아이를 하인 쌍둥이 한 아이와 함께 묶었지요. 저도 다른 두 아이를 그렇게 했고요. 그런 다음에 우리는 각각 그 돛대 양쪽 끝에 몸을 묶은 채 아기들을 줄곧 지켜보면서 둥둥 떠서 조류를 따라 코린토 Corinth 섬으로 가는 듯이 보이는 방향으로 밀려갔지요. 드디어 해가 지상을 비추는가 하면 저희를 못 살게 굴던 안개도 사라지고 저희가 그토록 바라던 햇빛 덕분에 바다는 잔잔해졌지요. 그런데 그때 저 멀리 두 척의 배가 나타나더니 우리 쪽으로 쏜살같이 오고 있었어요. 한 척은 코린토의 배였고, 또 한 척은 에피도러스 Epidaurus의 배였는데, 그것들이 미처 접근하기 전에 말이지요. 아, 저는 이만 실례하겠어요! 그 뒤는 추측에 맡기겠어요.

공작 아니, 이야기를 계속해라. 그렇게 중단하지 말고 말이야. 나는 너를 사면(赦免)해 주지는 못 해도 동정은 해 줄 수 있거든.

이지언 아, 신들이 그때 우리를 조금만 생각해 주었더라면 지금 저는 신들을 무자비하다고 원망하지 않았을 거예요! 왜냐하면 그 배들이 약 48킬로미터 가량 전진하면 우리 배와 만나게 되어 있었는데,

바로 그때 우리 배는 거대한 암석을 만나 맹렬히 부딪쳤고, 우리가 믿던 돛대는 두 동강이 나버렸지요. 그래서 우리가 이토록 무참하게 헤어지게 된 판에 운명은 우리 부부에게 기쁘고도 슬픈 짐을 똑같이 지워주었던 거죠. 가련하게도 아내는 가벼운 듯해도 결코 가볍지 않은 슬픔을 품은 채 한층 더 빨리 바람에 떠밀려갔지요. 아내와 아이 둘을 제가 멀리서 바라보는 동안 코린토의 어부들인 듯한 사람들에게 세 사람은 구조되었지요. 이윽고 다른 쪽 배는 우리들을 구조하고 우리의 신원을 알게 되자 난파당한 우리를 환대하는가 하면, 저쪽 어부들로부터 저의 아내와 아이들을 찾아 주려고 했지만, 그 배가 워낙 속도가 느린 바람에 그만 포기하고 자기네 본국으로 귀항하고 말았지요. 제가 행복과 단절된 채 불행히도 살아남아서 불운한 신세를 전하께 말씀드리게 된 경위는 이러한 것이지요.

공작 그러면 네가 애통하게 여기는 그 사람들을 위해서라도 그 후부터 지금까지 너와 그들에게 어떤 일이 닥쳤는지 자세히 말해 보라.

이지언 제가 더 없이 아끼고 보살피던 제 작은 아들은 열여덟 살이 되자 자기 형의 일을 캐묻더군요. 그의 하인도 역시 자기 형과 헤어져서 이름만 간직하고 있었지요. 제 작은 아들은 그 하인을 데리고 자기 형을 찾으러 떠나겠다고 저에게 졸라댔지요. 저로서도 제 맏아들을 만나보고 싶은 애절한 심정이 있었기 때문에 작은 아들을 잃을 위험을 무릅쓴 채 귀여운 작은 아들을 떠나보냈지요. 그리고 여름을 다섯 번이나 머나먼 그리스에서 지내면서 아시아의 국경지대를 샅샅이 뒤진 다음, 고국에 돌아갈 작정으로 해안선을 따라 이곳 에페소에 도착했지요. 찾아낼 가망성도 없지만 사람들이 사는 곳이라면 뒤지지 않고서는 그냥 지나칠 수가 없었지요. 저의

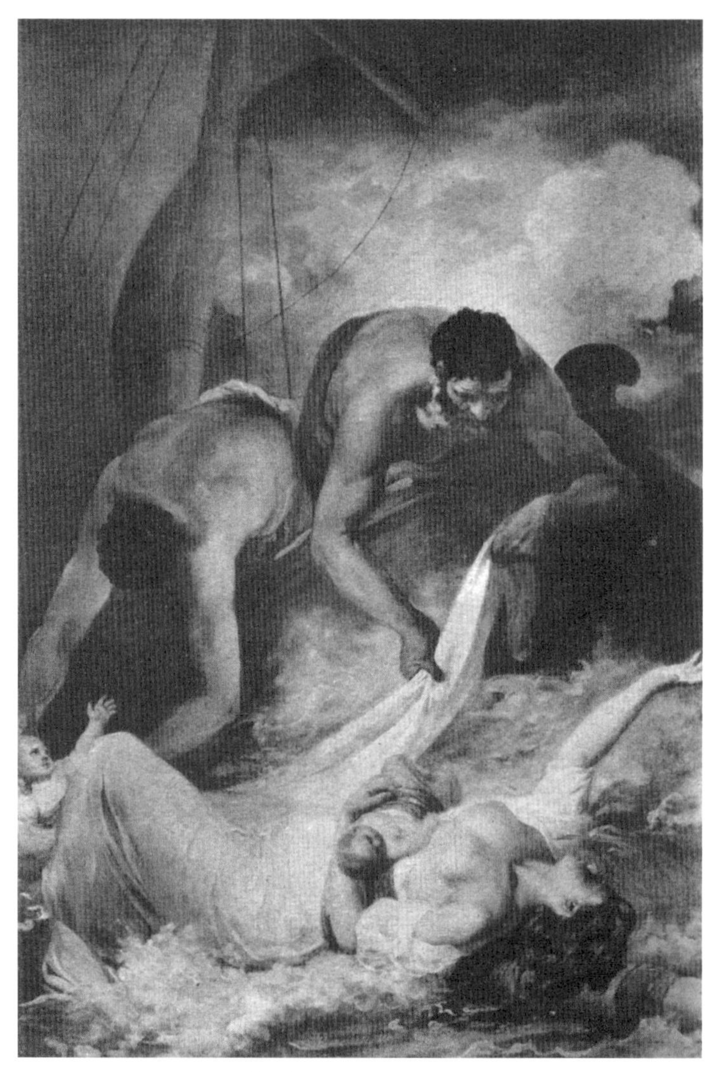

난파선에서 구출되는 이밀리어 _ 프랜시스 휘틀리 작

행동은 여기서 끝내야겠어요. 저의 긴 여행이 가족들의 생존을 확인할 수만 있었더라면 저는 지금 죽어도 여한이 없어요.

공작 불행한 이지언! 운명의 여신은 극도로 무서운 악운을 짊어지도록 너에게 낙인을 찍었구나! 아, 단언하지만 나는 이 나라의 법과 나의 통치권, 그리고 나의 맹세와 권위에 위배되지 않은 채 사형선고를 취소할 수 있다면 어떻게 해서든지 너를 구제해 주겠다. 하지만 영주란 그렇게 생각한다 해도 실제로는 할 수가 없는 입장이지. 너에게는 이미 사형 선고가 내려졌고 그 선고는 나의 명예를 심하게 손상하지 않고서는 철회될 수가 없거든. 그러나 나로서는 가능한 모든 편의를 너에게 제공해주겠다. 이봐, 무역상인, 네가 친절한 지원을 받아 네 목숨을 구할 방법을 찾도록 오늘 하루 동안만 석방해 줄 테니까 이 에페소에 사는 네 친구들을 모두 찾아보고, 간청하든 빌리든 석방에 필요한 몸값의 부족 금액을 마련해서 네 목숨을 건지도록 해라. 그렇게 하지 못할 경우 너는 사형에 처해질 수밖에 없다. 이봐, 교도관, 이 사람을 맡아서 잘 감시해.

교도관 예, 공작 전하.

이지언 희망도 없고 의지할 곳도 없는 나 이지언은 죽은거나 다름없는 마지막 목숨을 잠시 연장하려고 이렇게 걸어 나가는구나. *(퇴장한다.)*

1막 2장

에페소의 시장.

시러큐스의 앤티포울러스, 상인 1, 시러큐스의 드로우미오가 등장한다.

상인 1　그러니까 당신이 에피댐넘 사람이라고 말해요. 그렇게 하지 않으면 당신 소유물이 당장 몰수당할 거요. 바로 오늘도 시러큐스의 어떤 상인이 이곳에 도착하자마자 즉시 체포됐는데, 몸값을 낼 수가 없어서 저 지친 태양이 서쪽으로 지기 전에 이 도시의 법에 따라 사형당할 지경이거든요. 자, 내가 맡고 있던 당신 돈은 여기 있어요.

시러큐스의 앤티포울러스　이봐, 드로우미오, 넌 이 돈을 가지고 우리가 묵고 있는 반인반마(半人半馬) Centaur 여관에 가서 기다려라. 나도 곧 그리 갈 테니까. 한 시간 가량 지나면 점심시간이 되겠지. 그때까지 나는 시내를 돌아다니며 상인들을 관찰하고 건물들을 구경한 다음, 여관에 돌아가서 한 잠 푹 자겠어. 긴 여행 탓에 내 몸은 뻣뻣하게 굳어지고 지쳐 있거든. 자, 가 봐라.

시러큐스의 드로우미오 다른 사람들이라면 주인님 말씀을 곧이곧대로 들어서 정말로 영영 가 버릴 테지요. 이렇게 많은 돈을 맡았으니까요. *(퇴장한다.)*

시러큐스의 앤티포울러스 저놈은 참으로 믿음직하지요. 근심과 우울증으로 내 기분이 침체될 때면 저놈이 자주 재미있는 농담으로 나의 우울한 기분을 달래주고는 하거든요. 자, 나하고 같이 시내를 돌아다니고 난 다음, 내 숙소에 가서 식사를 같이 하면 어때요?

상인 1 난 어떤 상인들과 선약이 있어요. 내가 한몫 단단히 볼 수 있을 것 같은 상대들이지요. 대단히 죄송하지만 다섯 시 경에 시장에서 만납시다. 그 이후는 취침할 때까지 당신과 함께 지내겠어요. 지금은 바빠서 가봐야겠어요.

시러큐스의 앤티포울러스 그렇다면 가보세요. 나는 그저 이리저리 빈들빈들 돌아다니며 시내를 구경할 테니까.

상인 1 그럼 실컷 즐기세요. *(퇴장한다.)*

시러큐스의 앤티포울러스 나더러 실컷 즐기라고 하지만, 그건 실천이 불가능한 충고야. 바다에 떨어진 물 한 방울이 그 바다에서 자기 동료를 찾을 작정으로 눈에도 안 띈 채 헤매는 동안, 그만 원래의 자기 모습도 잃고 말듯이, 이 세상에서는 내가 바로 그 한 방울의 물과 똑같거든. 어머니와 형제를 찾아 헤매다니다가 끝내는 불행히도 나 자신을 잃고 말 거야.

에페소의 드로우미오가 등장한다. 그는 아내와 같이 살고 있는 에페소의 앤티포울러스의 하인인데 외출한 자기 주인을 찾으러 나온 것이다.

시러큐스의 앤티포울러스 나하고 생년월일이 똑같은 놈이 이리로 오는군. 어떻게 된 거냐? 무슨 일로 이렇게 금방 되돌아오느냐?

에페소의 드로우미오 금방 되돌아왔다고 말씀하시다니요! 전 오히려 뒤늦게 주인님을 만나 뵌 거라고요. 닭고기는 타버렸고 돼지고기는 쇠꼬챙이에서 떨어졌으며, 시계가 종을 쳐서 열두 시를 알리자 안주인은 제 뺨을 한 대 철썩 갈겼지요. 그리고 음식이 식는다면서 불같이 화를 내고 있다고요. 음식이 식는 건 주인님이 집에 돌아오시지 않기 때문이고, 주인님이 돌아오시지 않는 건 배가 고프지 않으시기 때문이지요. 그리고 주인님이 배가 고프지 않으신 건 아침에 과식했기 때문이지요. 하지만 아침 단식기도가 어떤 것인 줄 알고 있는 저희는 오늘 주인님의 과식 때문에 이만저만 고생을 한 게 아니라고요.

시러큐스의 앤티포울러스 허튼 소리 따위는 집어치우고, 자, 얘기를 해 봐. 아까 내가 맡긴 돈은 어디 두고 왔느냐?

에페소의 드로우미오 아, 주인님이 지난 수요일에 주신 6펜스, 그러니까 안주인님의 말 껑거리끈 값으로 안장장이에게 줄 돈 말인가요? 그건 안장장이에게 줬어요. 저는 가지고 있지 않다고요.

시러큐스의 앤티포울러스 지금 난 농담할 기분이 아니야. 까불지 말고 말해 봐. 돈을 어디 뒀지? 우린 여기서 외국인들이라고. 넌 그렇게 큰돈을 어떻게 감히 직접 보관하지 않고 함부로 놓아두고 온단 말이냐?

에페소의 드로우미오 농담은 제발 식사 때에나 하세요. 저는 지금 안주인님 곁을 떠나 여기로 곧장 달려왔다고요. 저는 이제 돌아가면 정말 기둥으로 취급되어 안주인님은 주인님의 잘못을 낱낱이 제 머리에 적어 놓으실 테지요. 주인님 뱃속도 제 뱃속과 마찬가지로 시계 역할을 하여 누가 모시러 가지 않아도 주인님이 제 시간에는 집으로 돌아가시도록 해야만 한다고요.

시러큐스의 앤티포울러스 아봐, 드로우미오, 지금은 농담하고 있을 때가 아니야. 농담 따위는 내버려 뒀다가 좀 더 유쾌할 때 하라고. 잔소리 말고 네가 맡은 그 돈이나 어디 두었는지 말해 봐.

에페소스의 드로우미오 제가 돈을 맡았다고요? 아니, 주인님은 제게 돈을 맡기지 않았다고요.

시러큐스의 앤티포울러스 야, 이놈아, 바보짓은 그만해. 그리고 네가 맡은 돈을 어떻게 조치했는지 빨리 말해 봐.

에페소스의 드로우미오 제가 맡은 일이라고는 주인님을 시장에서 자택으로 모셔오는 것, 그러니까 불사조 Phoenix 저택으로 모셔서 점심 식사를 하시도록 하는 것뿐이지요. 안주인님 자매가 주인님을 기다리고 계시거든요.

시러큐스의 앤티포울러스 난 그리스도교 신자야. 그러니까 자, 돈을 안전한 곳에 맡겨 놓았는지 말해 봐. 말하지 않겠다면 나는 남의 기분도 모르고 주책을 떠는 너의 광대 머리통을 박살내 버릴 테야. 나한테서 맡은 1천 마르크의 돈은 어디 두었느냐?

에페소스의 드로우미오 마르크 말인가요? 주인님한테서 받은 마르크가 제 머리통에 몇 개 있고, 안주인님한테서 받은 마르크도 제 어깨에 몇 개 있기는 하지만, 양쪽을 다 합쳐 봐도 천 개는 되지 못하지요. 되돌려 드려도 좋겠지만 아마 주인님은 가만히 참고 받지는 못하실 거요.

시러큐스의 앤티포울러스 안주인한테서 받은 마르크라고? 이놈아, 어느 안주인 말이냐?

에페소의 드로우미오 주인님의 부인, 그러니까 불사조 저택의 안주인님이지요. 안주인님은 주인님이 돌아오시기 전에는 식사하시지 않은 채 기도만 하시고 있겠다는군요. 주인님이 빨리 돌아오셔서 식사를 하시도록 말이에요.

시러큐스의 앤티포울러스 아니, 넌 날 놀려댈 작정이냐? 내가 그러지 말라는데도 말이야. 자, 맛 좀 봐라, 이놈아. *(머리를 때린다.)*

시러큐스의 앤티포울러스 : 이놈아, 여기 한 방 먹어라.

에페소의 드로우미오 이게 무슨 짓이에요? 제발 그 손을 멈추시라고요! 그래도 손을 멈추지 않으시겠다면 저는 달아날 수밖엔 없지요. *(퇴장한다.)*

시러큐스의 앤티포울러스 저놈은 분명히 뭔가 수작에 걸려서 내 돈을 모조리 사취당한 모양이야. 이 도시에는 사기꾼들이 우글댄다는데 말이야. 그러니까 눈을 속이는 날쌘 사기꾼들, 엄청난 비방으로 마음을 현혹시키는 마술사들, 영혼을 죽이고 육체를 병신으로 만드는 마녀들, 변장한 야바위꾼들, 함부로 지껄여대는 돌팔이들, 그 외에도 여러 종류의

불사조

악당들이 수없이 우글댄다는 거야. 사실이 그렇다면 난 한시 바삐 이곳을 떠나야만 해. 우선 불사조 저택에 가서 저 하인 놈을 찾아내야겠는데 저놈은 아마 돈을 뜯기고 만 모양이야. *(퇴장한다.)*

2막 1장

에페소의 앤티포울러스의 집.

에페소의 앤티포울러스의 아내 에이드리에이너가 자기 여동생 루시아너와 함께 등장한다.

에이드리에이너 남편도 하인도 돌아오지 않고 있어. 빨리 가서 모셔오라고 하인을 보냈는데도 말이야. 루시아너, 이제 분명히 오후 두 시지?

루시아너 아마도 어떤 상인의 초대를 받아 시장에서 딴 곳으로 가서 식사하시는 모양이지요. 언니, 그렇게 초조해 하지 말고 우리끼리 식사해요. 남자들이란 자기 자유를 지배하지만 그들을 지배하는 건 시간이에요. 결국 제 시간이 되면 그들은 오거나 가거나 할 거라고요. 그러니까 참아요, 언니.

에이드리에이너 어째서 남자가 여자보다 더 많은 자유를 누려야만 한다는 거야?

루시아너 그건 남자들이 언제나 집 밖에서 일을 하니깐 그렇죠.

에이드리에이너 얘, 나도 그이처럼 하면 남편은 그걸 언짢게 여긴단 말이야.

루시아너 아, 그거야 형부는 언니의 의지를 조종하는 고삐거든요.

에이드리에이너 그런 고삐에 끌려다닐 거라고는 당나귀들뿐이야.

루시아너 아니, 자유를 너무 지나치게 고집하다가는 불행이라는 매를 맞아요. 하늘의 감시를 받는 것들은 지상에서나 바다에서나 공중에서나 모두 제각기 제 분수껏 살아야만 하는 거라고요. 그러니까 짐승이든 물고기든 날개 달린 새든 모두 수컷에게 복종하고 수컷의 지배를 받지요. 남자들은 이런 동물들보다 더 신성하고 모든 동물을 지배할 뿐만 아니라 드넓은 세계와 거친 바다의 주인이고, 물고기나 새의 경우보다 한층 더 탁월한 지성과 영혼을 타고 났으며, 여자들의 주인이자 군주지요. 그러니까 무슨 일이든 남편의 뜻을 따르도록 하세요.

에이드리에이너 그렇게 복종하는 게 싫어서 넌 아직도 시집을 안 가는 거니.

루시아너 그게 아니라 부부관계가 귀찮기 때문이라고요.

에이드리에이너 하지만 너도 결혼하고 나면 어느 정도 자기주장을 하려고 할 거야.

루시아너 난 사랑을 배우기에 앞서서 먼저 복종을 실천하겠어요.

루시아너 : 나는 먼저 사랑을 배우기 전에 복종을 실천할 겁니다.

에이드리에이너 만약 네 남편이 바깥에서 바람을 피우고 다닌다면 넌 어떡할 거냐?

루시아너 남편이 집에 돌아올 때까지 난 그냥 참을 거라고요.

에이드리에이너 그건 정말 대단한 인내심이로구나! 네가 미혼인 채 지금 그렇게 태연한 건 조금도 이상하지 않아. 얌전하게 굴지 않을 다른 이유가 없다면 누구나 얌전해질 수 있거든. 역경으로 심한 타격을 받은 비참한 사람이 울부짖는 걸 보면 우리는 조용해지라고 타이르게 마련이야. 하지만 그 사람의 경우와 마찬가지로 똑같은 고통을 자기 자신이 겪게 된다면 우리는 그 사람과 똑같이, 아니, 그 이상으로 비통한 심정을 토로하게 마련이야. 그러니까 너는 부실한 남편 탓에 슬픔을 겪어보지 않았기 때문에 아무 소용도 없는 인내심을 내세워서 나를 위로하려고 드는 거야. 그렇지만 나처럼 자기 권리를 짓밟히는 날까지 살아보면 그 바보소리 같은 인내심 따위는 내팽개치고 말 거라고.

루시아너 그렇다면 난 언젠가 결혼해서 실험해 보는 수밖에는 없겠군요. 언니의 하인이 저기 돌아와요. 그러니까 형부도 곧 오실 테지요.

에페소의 드로우미오가 등장한다.

에이드리에이너 얘, 느리기 짝이 없는 네 주인은 곧 돌아오니?

에페소의 드로우미오 느리다니요! 주인님의 두 손은 여간 날쌔지가 않았어요. 얻어맞은 저의 이 두 뺨이 증거라고요.

에이드리에이너 그래, 넌 네 주인과 만나서 얘기해 보았니? 그분의 속마음을 알아냈니?

에페소의 드로우미오 아, 그게 말이에요. 주인님은 제 뺨을 갈겨서 자기 속마음을 드러내려고 했는데 그분 손찌검은 대단한 솜씨였어요. 그래서 저는 주인님의 속마음을 도저히 이해할 수가 없었다고요.

에이드리에이너 그분이 말을 그토록 애매하게 해서 네가 도무지 알아듣지를 못했다 이거니?

에페소의 드로우미오 애매하다니요! 그렇지 않아요. 주인님은 아주 분명하게 때렸다고요. 저도 따귀의 맛을 너무나도 잘 보았고요. 어쨌든 주인님의 속마음 표현은 대단히 애매해서 저는 도저히 이해할 수가 없었지요.

에이드리에이너 자, 제발 말해 봐. 그러니까 그분이 곧 돌아오신단 말이지? 나에게 매우 미안하게 여기는 눈치였단 말이지?

에페소의 드로우미오 천만에요. 주인님은 뿔이 돋친 미친 황소 같아요.

에이드리에이너 이놈아, 뿔이 돋친 미친 황소라니!

에페소의 드로우미오 제 말은 오쟁이(짚으로 엮어 만든 작은 섬)를 진 남편의 이마에 돋친 뿔이라는 게 아니라 뿔이 돋친 황소처럼 펄펄 뛴다는 거지요. 식사하러 돌아오시라고 제가 말씀드리자 주인님은 천 마르크의 돈을 어떻게 했느냐고 제게 물었어요. 제가 "식사하실 시간이라고요."라고 하니까 주인님은 "내 돈 말이야!" 라고 하셨어요. "주인님이 드실 음식이 탄다고요." 라고 말씀드리니까 주인님은 "내 돈 말이야!" 라고 하셨어요. "댁으로 돌아가시겠어요?" 라고 하니까 주인님은 "내 돈 말이야! 이놈아, 내가 맡긴 천 마르크의 돈은 어디 있어?" 라고 반문하셨지요. "돼지고기가 탄다고요." 라고 하니까 주인님은 "내 돈 말이야!" 라고 하셨어요. "안주인님께서 말이에요." 라고 하니까 주인님은 "빌어먹을 놈의 네 안주인! 내가 네 안주인 따위를 알게 뭐야? 네 안주인 따위는 집어치워!" 라고 하셨다고요.

루시아너 누가 그렇게 말했다는 거냐?

에페소의 드로우미오 그야 주인님이시지요. 주인님은 "난 집도 아내도 안주인도 없단 말이야." 라고 하셨지요. 그래서 저는 입으로 전해야 할 심부름의 답변을 그분 덕분에 제 어깨에 짊어지고 왔다고요. 한 마디로 저는 어깨를 실컷 얻어맞고 왔거든요.

에이드리에이너 이놈아, 다시 가서 그분을 집으로 모시고 와라.

에페소의 드로우미오 저더러 다시 가서 또 얻어맞으란 말인가요? 제발 다른 사람에게 심부름을 시키세요.

에이드리에이너 이놈아, 다시 가보란 말이야. 그렇게 하지 않으면 내가 네 머리통을 실컷 갈겨 줄 거라고.

에페소스의 드로우미오 다시 가서 주인님에게 또 실컷 얻어맞으라고요? 두 분 사이를 오락가락하다가 제 머리통은 상처투성이가 되겠어요.

에이드리에이너 이 수다쟁이 하인 놈아, 빨리 가봐라. 그리고 네 주인님을 집으로 모셔오란 말이야. *(하인을 때린다.)*

에페소스의 드로우미오 제가 그렇게도 둥글게 보여서 안주인님은 저를 축구공처럼 차버리시는 건가요? 안주인님은 저를 저쪽으로 탁 차버리시고 주인님은 이쪽으로 탁 차버리시는군요. 이런 심부름을 오락가락하다가 저는 결국 축구공 가죽 속에 처넣어지고 말겠어요. *(하인이 퇴장한다.)*

루시아너 아니, 언니는 왜 그토록 심하게 오만상을 찌푸리고 있나요!

에이드리에이너 남편은 분명히 자기 애인들과 실컷 즐기고 있는 반면, 난 집에서 그분의 상냥한 얼굴도 구경 못하잖아. 나는 나이 탓에 가련하게도 얼굴의 매력이 사라지고 용모는 초라해져 버렸단 말인가? 그렇다면 그건 그분이 한 짓이야. 나의 대화 기법은 무미건조한가? 나의 재치는 메말라버렸나? 나의 입심 좋고 수다스러운 말재주가 무디어졌다면 그건 대리석보다 더 단단한 남편의 냉혹함 탓이야. 바깥 계집년들의 화려한 옷차림에 그분은 그만 넋을 잃은 걸까? 그건 내 잘못이 아니야. 그분은 자기 마음대로 내 옷차림을 좌우할 수 있거든. 나에게서 찾아볼 수 있는 허물이란 허물은 모조리 그분 탓이 아니겠어? 그러니까 내가 볼품없이 된 것은 그분 때문이라고. 나의 미모는 비록 시들었다 해도 그분이 즐거운 표정만 짓는다면 금세 회복될 거야. 그렇지만 그분은 제멋대로 노는 수사슴이 울타리를 뚫고 밖에 나가서 풀을 뜯어먹는 것과 같아. 가련한 나는 그분의 허수아비에 불과하단 말이야.

루시아너 그건 자학적인 질투라고요! 쳇, 집어치워요!

에이드리에이너 무감각한 천치들이나 이런 모욕을 감수할 수가 있겠지. 남편은 틀림없이 다른 여자에게 한눈을 팔고 있어. 그렇지 않다면 어째서 집에 돌아오지 않겠어? 얘, 넌 그분이 나에게 금목걸이를 선물하겠다고 한 거 알지? 제발 그 목걸이만은 자기 아내의 침대를 제대로 대우해서 다른 여자에게 주지 않았으면 좋겠어. 눈부시게 찬란한 보석도 사용하는 동안 광채를 잃게 되겠지. 그렇지만 그 바탕이 되어 있는 금은 사람들이 만져서 닳아진다 해도 여전히 빛나는 거야. 명예를 지닌 사람도 허위와 타락 따위로 자기 이름을 더럽히지는 않지. 이제 나의 미모는 그분의 눈에 차지 않아. 그러니까 나는 남아 있는 이 미모마저 눈물로 지워버리겠어. 그리고 울다가 죽어버릴 테야. *(에이드리에이너가 울면서 퇴장한다.)*

루시아너 참 세상에는 어리석게도 미친 듯이 질투하는 바보들이 얼마나 많은가! *(루시아너도 퇴장한다.)*

2막 2장

거리.

시러큐스의 앤티포울러스가 등장한다.

시러큐스의 앤티포울러스 내가 드로우미오(쌍둥이 하인)에게 맡겼던 돈은 반인반마 여관에 안전하게 보관되어 있어. 그리고 세심한 그놈은 여관 주인이 일러준 대로 나를 찾으려고 자진해서 여관을 떠났지. 그래서 나는 그놈과 일단 시장에서 헤어진 이후로 다시 만나 얘기하지 못했던 거야. 그놈이 마침 저기 돌아오는군.

시러큐스의 드로우미오(쌍둥이 하인)가 등장한다.

시러큐스의 앤티포울러스 야, 이봐! 네 어릿광대 기분은 이제 가라앉았느냐? 얻어맞고 싶다면 나한테 또 까불어 봐. 반인반마 여관을 모른다고? 돈을 맡은 적이 없다고? 네 안주인이 식사를 위해 나를 집에 모시고 오랬다고? 내 집이 불사조 저택이라고? 넌 미쳤던 거지? 그래서 그렇게 미친 듯이 나에게 대답했던 거지?

시러큐스의 드로우미오 무슨 대답 말인가요? 제가 언제 그런 대답을 했다는 건가요?

시러큐스의 앤티포울러스 얼마 전에 바로 여기서 했지. 반시간도 지나지 않았다고.

시러큐스의 드로우미오 저는 맡은 돈을 반인반마 여관에 보관하려고 여기서 떠나간 이후 주인님을 처음 뵙는다고요.

시러큐스의 앤티포울러스 이놈아, 넌 나에게 돈을 맡은 적이 없다고 했고, 안주인과 식사에 관

드로우미오 역의 18세기 배우
존 던스털 John Dunstal

한 말도 했잖아. 그래서 내가 너에게 화를 냈던 것도 알고 있잖아.

시러큐스의 드로우미오 주인님이 그렇게 기분이 좋으시니 저도 기쁘군요. 그런데 이건 무슨 농담인가요? 주인님, 제발 좀 가르쳐주세요.

시러큐스의 앤티포울러스 아니, 넌 나를 앞에 둔 채 놀리고 조롱하는 거냐? 내 말이 농담이라고? 자, 맛 좀 봐라. 또 이것도 맛 좀 보라고. *(드로우미오를 때린다.)*

시러큐스의 드로우미오 맙소사! 제발 손을 멈추세요! 이제 보니 주인님은 농담이 아니라 진담이시군요. 도대체 왜 저를 이렇게 대하시는 건가요?

시러큐스의 앤티포울러스 그건 내가 평소에 허물없이 너를 어릿광대처럼 이용하여 너하고 잡담도 지껄이곤 하니깐 네가 건방지게 함부로 농담을 해대는가 하면, 나의 중대한 문제들에 관해서도 까불어대기 때문이야. 미

앤티포울러스에게 매 맞는 드로우미오

런한 모기들은 해가 떠있는 동안에는 놀지만 해가 지고나면 구멍 속으로 기어들어가는 거야. 나에게 농담을 하고 싶은 경우에는 내 표정을 살피고 나서 거기 맞추어 처신하란 말이야. 그렇게 하지 않는다면 내가 이렇게 네 대갈통을 갈겨주겠다 이거야.

시러큐스의 드로우미오 제 머리를 대갈통이라고 하시는 건가요? 그러니까 주인님이 때리기를 멈추신다면 저는 제 머리를 그냥 내버려두겠어요. 하지만 계속해서 때리시겠다면 저는 머리에 나무통을 씌워서 방어하거나 아니면 좀 약게 굴어야만 하겠어요. 하지만 도대체 왜 저는 얻어맞아야만 하는 건가요?

시러큐스의 앤티포울러스 몰라서 묻는 거냐?

시러큐스의 드로우미오 저는 얻어맞고 있다는 사실밖에는 전혀 모르겠다고요.

시러큐스의 앤티포울러스 까닭을 말해줄까?

시러큐스의 드로우미오 그래요. 어떤 이유 때문인지 말해 주세요. 사람들이 까닭을 물을 때에는 반드시 어떤 이유 때문이냐고 물어보게 마련이거든요.

시러큐스의 앤티포울러스 그 까닭을 말하자면 이런 거야. 첫째는 나를 조롱했기 때문이야.

그 다음으로 어떤 이유인가 하면, 두 번째 역시 나를 조롱했기 때문이라고.

시러큐스의 드로우미오 이렇게 난데없이 까닭도 격식도 이유도 없이 얻어맞은 사람이 어디 있겠어요? 아, 예, 하여간 고마워요.

시러큐스의 앤티포울러스 고맙다니! 뭐가 고맙다는 거야?

시러큐스의 드로우미오 고맙고말고요. 저는 아무 일도 안했는데 주인님은 저에게 이렇게 해주시니까 말이에요.

시러큐스의 앤티포울러스 그러면 내가 다음번에 보상해주겠어. 네가 뭔가를 해도 난 아무것도 주지 않겠다 이거야. 그런데 벌써 점심시간이냐?

시러큐스의 드로우미오 아니요. 고기는 저하고 달라서 비지땀이 모자라는가 봐요.

시러큐스의 앤티포울러스 도대체 그게 무슨 소리냐?

시러큐스의 드로우미오 기름칠 말이에요.

시러큐스의 앤티포울러스 그러면 기름칠도 안 하고 그냥 굽는단 말이냐?

시러큐스의 드로우미오 그냥 구어 잡수시지는 마세요.

시러큐스의 앤티포울러스 이유가 뭐냐?

시러큐스의 드로우미오 주인님이 그냥 군 걸 잡수시고 화를 내시면 제가 비지땀께나 빼야 되거든요.

시러큐스의 앤티포울러스 이놈아 때를 가려서 까불어라. 무슨 일이든 다 제 때가 있는 거야.

시러큐스의 드로우미오 주인님이 그토록 화내시지 않았더라면 아까 저는 감히 그렇지 않다고 반박했을 테지요.

시러큐스의 앤티포울러스 무슨 근거가 있는데?

시러큐스의 드로우미오 근거는 분명해요. 환하게 벗겨진 '시간' 아저씨의 대머리만큼이나 분명하다고요.

시러큐스의 앤티포울러스 어디 들어 보자.

시러큐스의 드로우미오 사람은 누구나 자연히 벗겨지는 대머리의 머리카락을 회복할 시간이란 없는 법이거든요.

시러큐스의 앤티포울러스 재산 소유권이나 상속권의 양도 문서로도 안 된다는 거냐?

시러큐스의 드로우미오 그거야 가발 사용료를 지불하면 다른 사람이 잃어버린 머리카락을 자기 손에 넣을 수 있지요.

시러큐스의 앤티포울러스 머리카락이란 얼마든지 풍성하게 자라는데 어째서 시간이 머리카락에 관해 그토록 인색하다는 거냐?

시러큐스의 드로우미오 그거야 짐승은 시간의 축복을 받아 털이 많지만, 인간은 털이 적은 대신에 지혜를 받았거든요.

시러큐스의 앤티포울러스 하지만 수많은 사람들은 지혜보다는 털이 더 넉넉해.

시러큐스의 드로우미오 지혜를 지닌 사람들은 누구나 지혜를 사용할수록 머리카락이 더욱 빠지게 마련이지요.

시러큐스의 앤티포울러스 아니, 넌 머리숱이 많은 사람은 지혜가 없는 멍텅구리라고 단정하는구나.

시러큐스의 드로우미오 멍텅구리일수록 머리카락이 더 빨리 빠지지요. 하지만 여자들과 놀아나다가 매독에 걸려 머리카락이 빠져도 편리한 면은 있지요.

시러큐스의 앤티포울러스 무슨 이유로 그렇게 말하는 거냐?

시러큐스의 드로우미오 두 가지 이유가 있는데 모두 건전한 이유라고요.

시러큐스의 앤티포울러스 저런, 그럴 리가 있겠어?

시러큐스의 드로우미오 안전한 이유들이지요.

시러큐스의 앤티포울러스 흥, 머리카락이 빠지는데 안전한 이유들이 다 뭐냐?

시러큐스의 드로우미오 그렇다면 확실한 이유들이 있지요.

시러큐스의 앤티포울러스 그래, 그럼 그 이유를 말해 봐라.

시러큐스의 드로우미오 첫째는 이발료가 들지 않는다는 것이고, 둘째는 식사할 때 죽 그릇에 머리카락이 떨어지지 않는다는 것이지요.

시러큐스의 앤티포울러스 넌 여태껏 어떠한 일도 '매사 때가 있다' 고 증명하려고 했잖아.

시러큐스의 드로우미오 그럼요. 저는 증명했다고요. 자연히 빠져버린 머리카락은 되찾을 시간이 없다고 말이에요.

시러큐스의 앤티포울러스 하지만 회복할 시간이 왜 없는지에 관한 네 이유는 충분하지 못해.

시러큐스의 드로우미오 그러면 이렇게 수정하겠어요. '시간' 은 그 자체가 대머리며, 따라서 사람들은 시간을 세상 끝까지 좇아가 봤자 자기가 대머리가 될 뿐이라고 말이에요.

시러큐스의 앤티포울러스 이런, 네 결론이 허무맹랑할 거라고는 내가 진작부터 알았지. 그런데 가만 있어 봐! 저쪽에서 우리에게 손짓하는 건 누굴까?

에이드리에이너와 루시아너가 등장한다.

에이드리에이너 아, 그래요, 여보, 그렇게 서먹서먹한 표정을 짓고 얼굴도 찌푸리세요. 당신의 상냥한 표정은 다른 어떤 년이 차지하고 있지요. 저는 당신의 아내 에이드리에이너가 아니다 이거로군요. 당신은 한 때 자발적으로 이렇게 맹세하신 적이 있어요. 당신 귀에는 저의 말보다 더 감미로운 음악이 없다든가, 당신 눈에는 제 눈보다 더 귀여운 것이 없다든가, 당신 손에는 제 손보다 더 즐거운 촉감이 없다든가, 당신 입에는 제가 만든 음식보다 더 맛있는 게 없다고 말이에요. 그런데 여보, 어째서 이렇게 변하셨나요? 당신은 당신 자신과 동일한 저를 어째서 이렇게 남남처럼 대하시는 건가요? 저를 소홀히 하시는 건 곧 당신 자신을 소홀히 하시는 거예요. 저는 당신과 일심동체거든요. 당신 자신의 좋은 부분을 모두 합친 전체보다 더 좋은 것이라고요. 아, 저에게서 제발 떨어져 나가지 마세요! 여보, 당신도 아시다시피 소용돌이 속에 떨어뜨린 한 방울의 물은 그것이 더 불어나거나 감소되지 않는 한 원상복구가 되지 않는 것과 마찬가지로, 저만 내버려둔 채 저 자신에서 당신 자신을 떼어낼 수는 없는 거라고요. 당신이 만일 제가 음탕한 여자라는 소문을 듣는다면, 그리고 당신에게 바쳐진 제 육체가 흉악한 욕정으로 더럽혀졌다는 소문을 듣는다면, 당신은 얼마나 불같이 화를 내시겠느냔 말이에요! 저에게 침을 뱉고 발길질을 해대지 않으시겠어요? 남편의 체면을 더럽힌 년이라고 욕하고 저의 창녀 같은 얼굴에서 살가죽을 벗겨 내지 않으시겠어요? 저의 신의 없는 손에서 결혼반지를 빼어내고는 영원히 이혼하겠다고 맹세하면서 그 반지를 부숴버리지 않으시겠어요? 저는 당신이 그렇게 하실 수 있다는 걸 알아요. 그러니까 지금 당장 그렇게 하세요. 저는 지금 간통의 더러운 짓에 사로잡혀 있어요. 저의 피에는 욕정의 죄가 스며들어 있다고요. 왜냐하면 당신과 저는 한 몸인 만큼, 당신이 방탕한 짓을 하면 당신 육체의 독이 저에게 옮겨지고 그 전염 때문

시러큐스의 앤티포울러스 : 부인, 지금 나에게 하는 말인가요. 나는 당신을 모릅니다.

에 제가 창녀로 변하기 때문이지요. 그러니까 당신은 부부의 서약을 준수하여 자신의 진정한 침대와 화해하세요. 당신이 파렴치한 짓을 하지 않으시면 저는 물론 결백하지요.

시러큐스의 앤티포울러스 부인, 지금 나에게 하는 말인가요? 나는 부인과 초면인데요. 여기 에페소에 도착한 지 두 시간밖에 안 되어 이곳 사정에 어두운 것과 마찬가지로 부인이 하는 말도 전혀 모르겠다고요. 나의 지혜를 모조리 짜내서 아무리 골똘히 생각해 봐도 단 한 마디도 납득이 되지 않는군요.

루시아너 어머나, 형부! 원 세상에, 이토록 변하시다니요! 언니를 이렇게 대하시는 건 여태껏 전혀 없었잖아요? 언니는 점심 식사에 형부를 모셔 오라고 아까 드로우미오를 보낸 거예요.

시러큐스의 앤티포울러스 드로우미오를 보냈다고?

시러큐스의 드로우미오 저를 보냈단 말인가요?

에이드리에이너 그래, 내가 널 보냈어. 그리고 넌 돌아와서 이렇게 말했지. 네 주인님은 너를 때리셨는가 하면 너를 때리시면서 자기는 집도 아내도 없다는 말씀도 하셨다고 말이야.

시러큐스의 앤티포울러스 너는 이 부인에게 그렇게 얘기했느냐? 도대체 무슨 의도로, 무슨 목적으로 그런 음모를 한 거냐?

시러큐스의 드로우미오 제가요? 저는 바로 지금까지 이 부인을 만나 뵌 적이 없다고요.

시러큐스의 앤티포울러스 이 자식이 거짓말을 하는군. 이 부인이 한 말을 너는 아까 시장에서 고스란히 나에게 전했어.

시러큐스의 드로우미오 저는 여태껏 이 부인과 얘기한 적이 절대로 없어요.

시러큐스의 앤티포울러스 그렇다면 이 부인이 어떻게 우리 이름을 알고 부를 수가 있다는 거냐? 하늘의 계시를 받지 않는 한 그럴 수는 없어.

에이드리에이너 당신은 흉측하게도 자기 하인과 짜고는 슬픔에 잠긴 저를 공동으

시러큐스의 앤티포울러스 : 부인, 지금 나에게 하는 말인가요?

로 조롱하시다니 이 얼마나 점잖지 못한 짓이냐고요! 당신이 저를 소홀히 하시는 건 제 탓이라고 친다 해도 제 탓을 한층 더 심하게 조롱하지는 마세요. 자, 저는 이렇게 당신 옷소매에 매달리겠어요. 제 남편인 당신은 느티나무이고 저는 덩굴이에요. 연약한 저는 강인한 당신과 부부가 되어 있으니까 당신의 힘을 받아 강해지지요. 당신을 저에게서 떼어가는 것이 있다면 그건 인간의 쓰레기며, 도둑질하는 담쟁이덩굴, 찔레, 쓸모없는 이끼 따위라고요. 이런 것들을 제거해버리지 않았더니 그만 무성해져서 당신의 수액을 중독시키는가 하면 당신을 시들게 해서 자기만 살겠다고 하는 무리지요.

시러큐스의 앤티포울러스 *(혼잣말로)* 이 여자는 나에게 말하고 있어. 나를 설득하고 있는 거라고. 그렇다면 내가 꿈속에서 이 여자와 결혼이라도 했단 말인가? 아니면 지금 잠결에 이런 말을 듣고 있는 건가? 무슨 착오가 있기에 보는 것과 듣는 것이 온통 뒤죽박죽인가? 틀림없이 불확실한 일이긴 하지만 진상을 파악될 때까지 나는 저쪽이 하자는 대로 착오를 그냥 내버려두어야겠어.

루시아너 드로우미오, 넌 가서 하인들에게 식사준비를 시켜라.

시러큐스의 드로우미오 *(혼잣말로)* 아, 난, 기도나 해야지. 주님, 저의 죄를 씻어 주소서! 여긴 요정의 나라야. 아, 조심해야지. 우린 도깨비, 올빼미, 귀신들과 얘기하고 있거든. 저것들은 우리가 고분고분 따르지 않으면 우리의 목숨을 빨아 먹거나 검푸르게 멍이 들 때까지 꼬집어 댈 거야.

루시아너 왜 혼잣말을 중얼대면서 나에게 대답은 하지 않는 거야? 드로우미오 이놈아, 넌 수벌이야! 넌 달팽이, 민달팽이, 주정뱅이라고!

시러큐스의 드로우미오 주인님, 저는 겉모습이 변했지요?

시러큐스의 앤티포울러스 내가 보기에 넌 기분이 변한 거야. 나도 그래.

시러큐스의 드로우미오 천만에요, 주인님. 전 기분뿐만 아니라 겉모습도 변했다고요.

시러큐스의 앤티포울러스 네 겉모습은 변함이 없어.

시러큐스의 드로우미오 아니라고요. 전 원숭이로 변했어요.

루시아너 네가 무엇인가로 변신한다면 당나귀로 변신하겠지.

시러큐스의 드로우미오 주인님 말이 맞아요. 이 부인은 저를 타고 다니려 하지만 저는 자유롭게 풀을 뜯어 먹기를 갈망하지요. 그래요. 저는 당나귀라고요. 제가 바보 당나귀가 아니라면 저 부인이 저를 잘 안다는데 제가 부인을 몰라볼 리는 없거든요.

에이드리에이너 자, 가요. 하인과 주인이 짜고 저의 슬픔을 조롱하고 있는 판에 저는 더 이상 바보처럼 손가락을 눈에 댄 채 울기만 하지는 않겠어요. 자, 식사하러 가요. 드로우미오, 넌 대문을 잘 지키고 있어라.

여보, 전 오늘 당신과 함께 2층에서 식사하겠어요. 그리고 식사하는 동안 당신의 거짓 변명을 얼마든지 들어 드리겠어요. 드로우미오, 넌 누가 주인님을 찾아온다 해도 주인님이 바깥에서 식사하신다고 말하고 아무도 들여보내지 마라. 루시아너, 들어가자. 드로우미오, 넌 문지기 노릇을 똑똑히 하란 말이야.

시러큐스의 앤티포울러스 *(혼잣말로)* 내가 서 있는 여기는 지상인가, 천당인가, 지옥인가? 나는 잠을 자고 있는가, 아니면 깨어 눈을 뜨고 있는가? 미친 건가, 아니면 제정신인가? 저 사람들은 나를 잘 알고 있는데 나만 모르고 있다니! 나는 저 사람들에게 맞장구치면서 계속해서 지켜보기로 하자. 그리고 이렇게 용감하게 오리무중 속에 뛰어들어 모험을 해보자.

시러큐스의 드로우미오 주인님, 저는 대문에서 문지기 노릇을 하는 건가요?

에이드리에이너 그야 물론이지. 아무도 들여보내지 마라. 내 손에 네 머리통이 박살나지 않으려면 말이야.

루시아너 자, 자, 형부, 우린 점심 식사가 너무 늦었단 말이에요. *(모두 퇴장한다.)*

3막 1장

에페소의 앤티포울러스의 집 앞.

에페소의 앤티포울러스가 하인 드로우미오, 금은 세공인 앤젤로, 상인 밸타잘과 함께 등장한다.

에페소의 앤티포울러스 앤젤로 사장님, 우리 두 사람을 위해 변명해주세요. 내가 시간을 안 지키면 집사람은 마구 바가지를 긁는 성미거든요. 내가 집사람에게 줄 그 금목걸이를 당신이 세공하는 걸 구경하고 있다가 늦은 거라고 말해 주세요. 그리고 당신이 내일 그걸 가지고 오겠다는 말도 함께 해주세요. 그런데 저놈은 하인인 주제에 뻔뻔스럽게도 나를 시장에서 만났다고 하는가 하면, 내가 자기를 때렸다느니, 1천 마르크의 돈을 자기에게 맡겼다느니, 아내도 집도 없다고 말했다느니 하면서 나에게 정면으로 대들려고 하지요. 이 주정뱅이 놈아, 넌 뭣 때문에 그 따위 소리를 지껄인 거냐?

에페소의 드로우미오 주인님은 무슨 말씀이든지 마음대로 하세요. 하지만 제가 아는 사실은 사실이라고요. 주인님이 저를 시장에서 때렸다는 사실에 대해서 저는 주인님의 손을 증거로 내세우겠어요. 제 피부가 양피지라면, 그리고 주인님의 구타 솜씨가 잉크라면, 구타한 증거가 주인님의 필적으로 남아 있을 테니까요.

에페소의 앤티포울러스 넌 바보 당나귀야.

에페소의 드로우미오 아마도 그런 모양이군요. 저는 욕을 보는가 하면 얻어맞기도 했으니까요. 발길에 차이면 저도 발길질을 해서 차야 마땅했을 테지요. 그런 경우에 주인님은 저의 발굽을 피하시고 당나귀를 경계하시라고요.

에페소의 앤티포울러스 밸타잘 사장님은 표정이 침울하군. 나는 당신을 우리 집에 초대하여 호의와 환영의 뜻을 표시하고 싶군요.

밸타잘 난 당신의 환영을 맛있는 요리보다 더 소중하게 여기겠어요.

에페소의 앤티포울러스 아, 밸타잘 사장님, 고기 요리든 생선 요리든 식탁에서는 아무리 극진한 환영도 한 가지 맛있는 요리에는 미치지 못하지요.

밸타잘 맛있는 요리란 매우 흔해서 누구나 내놓을 수 있지요.

에페소의 앤티포울러스　그렇다면 환영이란 한층 더 흔한 게 아닌지요. 그건 빈말에 불과하거든요.

밸타잘　소박한 요리도 극진한 환영이 깃들이면 즐거운 잔칫상을 만들지요.

에페소의 앤티포울러스　인색한 주인에게, 그리고 한층 더 지독한 구두쇠인 손님에게는 그럴 테지요. 하지만 우리 집 음식이 변변치 못하다 해도 나는 당신이 기꺼이 드시기를 바라겠어요. 당신이 바깥에서 더 좋은 식사 대접을 받을 수도 있겠지만 우리 집의 환대보다 더 극진한 환대는 받지 못할 테니까요. 그런데 가만있자! 우리 집 대문이 잠겨 있네. 얘, 너는 우리가 안에 들어가도록 대문을 열라고 해라.

에페소의 드로우미오　모드 Maud, 브리지트 Bridget, 매리언 Marian, 시설리 Cisely, 질리언 Gillian, 진 Ginn!

시러큐스의 드로우미오　*(안에서)* 멍청이, 돌대가리, 미련퉁이, 바보, 천치, 광대야! 대문에서 꺼지든가, 아니면 사립문에 가서 앉아 있어. 넌 하녀들을 요술로 꼬여낼 작정으로 그렇게도 많은 이름을 불러대는 거냐? 한 명으로도 너무 많은데 말이야. 대문에서 썩 꺼져버려.

에페소의 드로우미오　어느 바보 놈이 대문을 지키고 있는 거야? 우리 주인님이 길에서 기다리고 계신다고.

시러큐스의 드로우미오　*(안에서)* 걸어온 쪽으로 다시 걸어가게 해. 그렇게 서 있다가 발이 감기에 걸리면 안 되니까.

에페소의 앤티포울러스　안에서 떠드는 놈은 누구냐? 이봐, 문 열어!

시러큐스의 드로우미오　*(안에서)* 그래야겠지. 하지만 문을 열어야 할 이유를 말해 봐. 언제가 좋을지 내가 대답할 테니까.

에페소의 앤티포울러스　이유라니? 내가 점심 식사를 해야겠거든. 오늘 난 아직 식사를 하지 않았단 말이야.

시러큐스의 드로우미오　*(안에서)* 오늘도 넌 여기서 식사할 수 없어. 다음에 다시 와.

에페소의 드로우미오 :
주인님, 문을 더 세게 두드리세요!

에페소의 앤티포울러스 내가 내 집에 들어가는 것을 막는 네 놈은 대체 누구냐?

시러큐스의 드로우미오 *(안에서)* 이번에 당분간 문지기가 된 사람이다. 내 이름은 드로우미오다.

에페소의 드로우미오 야, 이 악당 놈아! 넌 내 직책과 이름을 모두 도둑질했구나. 내 직책은 나에게 명예가 된 적도 없고 내 이름은 별로 자랑거리가 아니야. 오늘 하루 동안 네가 내 대신에 드로우미오였더라면, 네 직책은 얻어맞는 일이고 네 이름은 바보 당나귀였을 텐데, 넌 그걸 원했을 리가 없을 거야.

하녀 류스가 발코니에 등장한다.

류스 *(안에서)* 드로우미오, 거기서 웬 시비야? 대문 밖에 어떤 분들이 왔어?

에페소의 드로우미오 류스, 우리 주인님이 들어가시도록 문 좀 열어.

류스	*(안에서)* 안 돼. 너무 늦게 오셨어. 그렇게 말씀드리라고.
에페소의 드로우미오	아이고, 이거 정말 웃기네! 그럼 격식대로 말해주겠는데 여긴 우리 집이야, 어때?
류스	*(안에서)* 그럼 나도 그런 투로 대답하겠는데 그게 언제 적 얘기야? 어디 대답해보라고.
시러큐스의 드로우미오	*(안에서 류스에게)* 넌 이름이 류스인 모양이로군. 류스, 대꾸를 아주 멋지게 했어.
에페소의 앤티포울러스	이 왈가닥 놈아, 이제는 우리에게 문을 열어 주지 않겠어?
류스	*(안에서)* 내가 한 번 더 대답을 해야 하나요?
시러큐스의 드로우미오	대답이라면 네가 안 된다고 아까 말했지.

에페소의 드로우미오 :
주인님, 문을 더 세게 두드리세요!

에페소의 드로우미오 *(자기 주인에게)* 그러니까 자, 좀 도와주세요. 문을 더 세게 '쾅쾅' 두드려주세요.*(문을 두드린다.)* 이만하면 반응이 있을 테지.

에페소의 앤티포울러스 이 망할 년아, 문을 열란 말이야.

류스 *(안에서)* 누굴 위해서 열라는 거예요?

에페소의 드로우미오 주인님, 문을 더 세게 두드리세요.

류스 *(안에서)* 문짝이 아프도록 두드리라고 해라.

에페소의 앤티포울러스 이 망할 년아, 내가 문짝을 부수고 나면 넌 울고불고 해야 소용없을 거야.

류스 *(안에서)* 이 도시에 있는 교수대 두 개가 이제는 제 구실을 하겠군.

에이드리에이너 *(안에서)* 문간에서 누가 이렇게 심하게 소란을 피우고 있느냐?

시러큐스의 드로우미오 *(안에서)* 이 도시는 불량배들에게 몹시 시달리는군요.

에페소의 앤티포울러스 여보, 당신이야? 좀 더 빨리 나왔어야 되잖아!

에이드리에이너 *(안에서)* 여보, 당신이라니! 이 악당 놈아, 대문에서 썩 꺼져버려. *(류스와 함께 안으로 들어간다.)*

에페소의 드로우미오 주인님, 고생해서 안으로 들어간다 해도 악당으로 낙인찍힌 주인님은 모욕이나 받을 것 같은데요.

앤젤로 이 집에는 맛있는 요리도 없고 호의도 없군요. 두 가지 중에 하나는 기대했는데.

밸타잘 어느 쪽이 더 좋은지 토론하다가 우린 양쪽 다 놓칠 처지로군요.

에페소의 드로우미오 주인님, 모두 문간에 나와 있어요. 이리 나와서 맞이하라고 호령하세요.

에페소의 앤티포울러스 집안에 바람 부는 꼴이 심상치가 않아. 그러니까 우린 들어갈 수가 없겠어.

에페소의 드로우미오 무슨 소리예요. 주인님은 지금 얇은 옷을 입고 있잖아요. 저 안에는 주인님의 따끈따끈한 방이 있는데, 주인님은 여기 추운 길거리에서 있잖아요. 이렇게 어이없이 배신을 당한다면 팔려가는 수사슴 처럼 미쳐 버릴 거예요.

에페소스의 앤티포울러스
넌 가서 무슨 연장이든 좀 가져와라. 난 대문을 때려 부수어서라도 문을 열겠어.

시러큐스의 드로우미오
(안에서) 대문을 조금이라도 부수기만 해봐라. 난 악당인 네 놈의 머리통을 부수어 주겠어.

에페소스의 드로우미오
말로 부수기야 쉽겠지. 말이란 입김에 불과하거든. 문제는 정면으로 부수느냐, 뒷구멍에서 부수느냐 이거야.

시러큐스의 드로우미오
(안에서) 넌 어지간히도 얻어맞고 싶은 모양이로구나. 이 촌놈아, 썩 꺼져버려!

에페소스의 드로우미오
"썩 꺼져버려!" 라는 말을 여기선 너무 많이 하는군. 그러지 말고 제발 문 좀 열어 달라고.

시러큐스의 드로우미오
(안에서) 그래, 열어주고말고. 새는 날개가 없고 물고기는 지느러미가 없는 그런 때가 온다면 말이야.

에페소스의 앤티포울러스
정 그렇다면 난 대문을 부수고 들어가겠어. 넌 가서 쇠지레를 빌려와라.

에페소스의 드로우미오
날개 없는 쇠지레 말인가요? 주인님, 그게 진담인가요? 지느러미 없는 물고기는 없는데 날개 없는 날짐승은 있다 이거군요. 쇠지레의 도움으로 우리가 안에 들어간다면 저놈들을 단단히 혼내 주겠어요.

에페소스의 앤티포울러스
빨리 가서 쇠지레를 가져오란 말이야.

밸타잘
참아요, 참아. 아, 그러지 마시라고요! 그러시면 스스로 체면을 손상시킬 뿐만 아니라 당신 부인의 고결한 명예도 세상 사람들의 의심을 받게 되거든요. 당신은 오랜 경험으로 당신 부인의 총명함, 온후한 미덕, 연공, 정숙함 등을 잘 알고 있잖아요. 아마도 이런 사태는 당신이 모르는 다른 이유가 있는 모양이군요. 당신 부인은 지금 이렇게 문을 잠근 채, 당신이 들어가지 못하게 막았던 이유를 틀림없이 잘 이야기 할거요. 그러니 내 말대로 참으시고 일단 물러갑시다. 자, 우린 모두 맹호 여관 the Tiger에 가서 식사합시다. 그리고 저녁 무렵에 당신은 혼자 여기 돌아와서 이상하게 문을 열어 주지 않았던 이유를 규명해 보세요. 지금 대낮에 이렇게 사람들이 붐비는 한길에서 당신이 완력으로 문을 부수고 들어가려고 한다면 좋지 않은 소문이 쫙 퍼질 테지요. 게다가 당신의 멀쩡한 명예를 손상하는 소문이 대중에 의해 날조되는가 하면, 당신이 죽은 후에도 무덤 속까지 파고들어가서 남아 있게 될 거라고요. 비방이란 자자손손 상속되어 안전한 자리에 정착하게 마련이거든요.

에페소의 앤티포울러스 음~, 정말 그래요. 나는 조용히 물러가겠어요. 비록 기분은 좋지 않지만 유쾌하게 지내겠어요. 내가 아는 여자들 가운데 말솜씨가 제법이고 예쁘며 재치 있는 여자가 있는데, 그 여자는 말괄량이지만 양순한 편이지요. 우리 모두 그곳에서 식사합시다. 아무런 근거가 없는데도 내 아내는 그 여자의 일로 툭하면 나에게 바가지를 긁어대고는 하지요. 그 여자에게 가서 식사하자고요. *(앤젤로에게)* 그리고 당신은 당신 집에 가서 목걸이를 가지고 오세요. 이제 다 만들어졌을 테니까요. 그 목걸이를 호저 여관 the Porpentine(Porcupine)으로 가지고 오라고요. 거기가 그 여자의 집이지요. 난 목걸이를 그 집의 여주인에게 주겠어요. 내 아내의 약을 좀 올려 주려고 말이에요. 어쨌든 빨리 다녀오세요. 내 집의 대문이 나를 받아들이지 않는다면 난 다른 곳을 찾아가서 거기서도 나를 냉대하는지 봐야겠어요.

앤젤로 그럼 나중에 거기서 만납시다.

에페소의 앤티포울러스 그럽시다. 그런데 이런 장난에는 돈이 좀 들겠네요. *(모두 퇴장한다.)*

같은 장소.

방문이 열린다. 루시아너와 시러큐스의 앤티포울러스가 등장한다.

루시아너 형부는 남편의 직분을 완전히 잊어버렸나요? 형부의 사랑의 싹은 심지어 봄철에도 썩고 있는 건가요? 사랑은 건설 도중에 이미 파괴되는 그런 것인가요? 재산 때문에 언니와 결혼했다면 그 재산을 위해서라도 언니를 한층 더 친절히 대하세요. 다른 여자가 형부 마음에 든다 해도 언니 몰래 가세요. 장님의 모습으로 형부의 거짓 사랑을 위장하세요. 그렇지 않으면 언니는 형부의 눈을 보고 속내를 알아차릴 거예요. 그리고 자신의 창피스런 일을 자기 입으로 말하지도 마세요. 부드러운 표정과 상냥한 말씨로 외도를 은폐하세요. 악덕에게 미덕의 선구자 같은 옷을 입히고, 마음속은 더럽더라도 얼굴은 깨끗한 척하며, 죄악에게는 성자의 태도를 가르쳐 주고, 나쁜 짓은 남몰래 하세요. 언니에게 알려 줄 필요는 없잖아요? 자기의 도둑질을 자랑하는 도둑은 얼마나 지독한 바보겠어요? 외박한 사실을 식사 때 언니한테 눈치 채이도록 형부가 표정을 짓는 건 이중으로 나쁘지요. 불명예스런 일도 잘 처리하면 그런대로 속임수의 명예가 되지만, 나쁜 행동은 나쁜 말 때문에 이중으로 나빠지지요. 아, 여자들은 참으로 가련하다고요! 여자들은 쉽게 믿어주게 마련이니까, 남자인 당신들이 여자인 우리를 사랑한다고 우리가 믿도록 해줘요. 팔뚝은 다른 여자들에게 주었다 해도 옷소매는 우리에게 보여 달란 말이에요. 우리 여자들은 남자들이 시키는 대로 움직이니까 남자들은 우리를 마음대로 조종할 수 있어요. 그러니까 형부, 안으로 다시 들어가세요. 그리고 언니를 위로하고 격려하며, 아내라고 불러 드리세요. 달콤한 아첨의 말로 갈등을 해소시킬 수 있다면 약간의 거짓말은 신성한 유희라고요.

시러큐스의 앤티포울러스 귀여운 아가씨, 난 이 호칭 이외에는 당신 이름도 모르지요. 게다가 놀랍게도 당신이 어떻게 내 이름을 알게 되었는지도 모르겠다고요. 당신은 온 세상의 놀라움인 인물에 못지않은 식견과 미모를 구비했으며, 유한한 인간들보다 한층 더 신성하군요. 귀여운 아가씨, 내가 어떻게 생각하고 어떻게 말해야 좋을는지 가르쳐 주세요. 속세의 때에 찌들어 무디어진 나의 이해력이 수많은 착오로 질식되는가 하면, 미미하고 천박하며 나약한 나의 이해력 앞에 당신의 말의 외관 속에 숨겨진 뜻을 드러내 보여주세요. 당신은 왜 나의 영혼의 순수한 진실을 무시하고 내 영혼이 미지의 영역을 헤매게 만들려고 애쓰지요? 당신은 신인가요? 그래서 나를 다시 만들어낼 작정인가요? 그렇다면 나는 당신의 힘에 거역하지 않을 테니 나를 다시 만들어 보라고요. 하지만 내가 나 자신인 것이 사실이라면, 내가 알고 있는 한, 지금 울고 있는 당신 언니는 내 아내가 아니며 나도 저 여자와 잠자리를 같이 할 의무가 없어요. 나는 저 여자보다도 당신에게 한없이 더 마음이 쏠려 있다고요. 아, 어여쁜 인어여, 당신은 노래로 나를 유혹하여 당신 언니의 눈물 바다로 끌고 들어간 뒤 익사시키려고 하지는 말아요. 바다의 요정 사이렌 siren이여, 당신 자신을 위하여 노래하세요. 그러면 나는 그 노래에 황홀하게 취할 거요. 당신의 황금색 머리카락을 은빛 물결 위에 깔아주세요. 그러면 나는 그걸 침대로 삼아서 누울 거요. 그리고 그런 멋진 상상을 하면서 나는 그런 방식으로 죽는 사람은 죽어도 여한이 없다고 생각할 거요. 사랑이란 가볍기는 하지만, 만일 가라앉는다면, 익사시켜 주세요.

루시아너 아니, 그런 식으로 말하다니 당신은 미쳤어요?

시러큐스의 앤티포울러스 미치진 않았어요. 하지만 나도 모르게 지금 어리둥절해요.

루시아너 그건 당신 눈의 착각 때문이에요.

시러큐스의 앤티포울러스 아름다운 태양이여, 당신 곁에서 내가 당신의 빛을 응시했기 때문이지요.

루시아너 당신은 자기가 응시해야 마땅한 곳이나 응시하세요. 그러면 당신 눈의 착각은 사라질 거라고요.

시러큐스의 앤티포울러스 하지만 나의 애인이여, 캄캄한 밤을 바라보는 건 눈을 감고 있는 거나 마찬가지지요.

루시아너 어째서 내가 당신 애인이라는 거예요? 언니를 당신 애인이라고 부르세요.

시러큐스의 앤티포울러스 난, 당신 언니의 여동생을 그렇게 부르겠어요.

루시아너 당신 애인은 언니라니까요.

시러큐스의 앤티포울러스 천만에요. 내 애인은 바로 당신이지요. 당신은 나 자신의 더 훌륭

루시아너 :
어째서 내가 당신 애인이라는 거예요.

한 쪽의 반신, 내 눈의 더 밝은 쪽의 눈, 내 심장의 더 소중한 쪽의 심장, 나의 자양분, 나의 행운, 나의 즐거운 희망의 목표, 지상에서 나의 유일한 태양, 하늘나라에서 나의 권리, 그게 바로 당신이라고요.

루시아너 그건 모두 우리 언니에게 해당되는 말이에요. 그렇지 않다면 언니에게 해당되어야만 될 말이지요.

시러큐스의 앤티포울러스 그러면 당신 자신이 그 언니가 되세요. 당신은 내 희망이니까. 나는 당신을 사랑하고 당신과 함께 일생을 보낼 거요. 당신은 아직 남편이 없고 나도 아내가 없지요. 당신 손을 이리 내밀라고요.

루시아너 아, 가만히 좀 기다려요. 난 언니를 불러온 다음에 언니의 승낙을 받아야겠어요. *(루시아너가 황급히 퇴장한다.)*

안에서 시러큐스의 드로우미오가 등장한다.

시러큐스의 앤티포울러스 드로우미오, 어떻게 된 거냐? 넌 어디로 그렇게 바쁘게 달려가느냐?

시러큐스의 드로우미오 저를 아시나요? 제가 드로우미오인가요? 제가 주인님의 하인인가요? 정말로 저 자신인가요?

시러큐스의 앤티포울러스 넌 드로우미오야. 내 하인이지. 물론 너 자신이기도 하고.

시러큐스의 드로우미오 저는 당나귀예요. 어떤 여자의 소유물이며 정신 나간 놈이지요.

시러큐스의 앤티포울러스 어떤 여자의 소유물이라니? 어떻게 해서 정신나간 놈이 됐지?

시러큐스의 드로우미오 어쨌든 저는 정신나간 놈이고 어떤 여자의 소유물이지요. 그 여자는 나를 자기 소유물이라고 주장하는가 하면, 기어이 자기 소유물로 삼겠다면서 줄곧 저를 쫓아다닌단 말이에요.

시러큐스의 앤티포울러스 그 여자가 너에 대해 무슨 주장을 한다는 거냐?

시러큐스의 드로우미오 아, 그거야 주인님이 어떤 말을 자기 것이라고 주장하는 식이나 마찬가지예요. 그 여자는 저를 짐승으로 취급하려고 해요. 그런데 그 여자는 제가 짐승이기 때문이 아니라 자기 자신이 바로 짐승 같은 여자이기 때문에 저를 소유하겠다고 주장하는 거라고요.

시러큐스의 앤티포울러스 그 여자는 누구냐?

시러큐스의 드로우미오 몸집이 매우 멋진 여자지요. "실례지만" 하고 미리 서두를 꺼내지 않고서는 도저히 언급할 수 없는 그런 여자라고요. 그 여자와 부부가 된다면 저는 처복은 별로 없다 해도 굉장히 뚱뚱한 여자를 얻게 되겠지요.

시러큐스의 앤티포울러스 뚱보 여자를 얻게 되다니 그게 무슨 말이냐?

시러큐스의 드로우미오 아, 그러니까 그 여자는 부엌데기 하녀인데 어마어마한 비계 덩어리라고요. 그 비계를 태워 등불로 삼아 제가 그 여자 곁을 피해 달아날 때 사용하는 경우 이외에는 그런 여자를 어디다 써야 좋을는지 모르겠어요. 단언하지만 그 여자가 입고 있는 누더기를 심지로 삼고 그 누더기가 감싸고 있는 비계 덩어리를 태운다면 폴란드의 겨울 한 철을 환하게 지내는 데 조금도 문제가 없을 거라고요. 그 여자는 최후의 심판 날까지 산다면 세상의 다른 모든 사람들보다 일주일은 더 오래 탈 테지요.

시러큐스의 앤티포울러스 얼굴 피부는 어떤 색깔이냐?

시러큐스의 드로우미오 제 구두처럼 새카맣지요. 하지만 구두처럼 깨끗하게 손질이 된 그런 얼굴은 결코 아니지요. 왜라니요? 어찌나 비지땀을 많이 흘리는지 다른 사람의 구두가 그 땟국물에 푹 빠질 지경이거든요.

시러큐스의 앤티포울러스 그런 결점이야 물로 씻어 없앨 수 있어.

시러큐스의 드로우미오 천만에요. 철저히 배어들어 있거든요. 노아의 홍수도 그걸 씻어 없애기란 불가능할 거예요.

시러큐스의 앤티포울러스 그 여자의 이름은 뭐냐?

시러큐스의 드로우미오 넬 Nell이라고 해요. 하지만 그 여자의 엉덩이의 폭은 자기 이름과 그것의 4분의 3을 합한 것, 그러니까 1엘 an ell(45인치)에 그것의 4분의 3을 더한 것만큼이나 되지요.

시러큐스의 앤티포울러스 그렇게 어마어마하게 옆으로 퍼진 여자란 말이냐?

시러큐스의 드로우미오 하지만 머리끝에서 발끝까지는 엉덩이의 폭보다 길이가 짧아요. 마치 지구처럼 둥그렇게 생겼지요. 저는 그 여자의 몸에서 여러 나라들을 찾아낼 수 있었거든요.

시러큐스의 앤티포울러스 그래, 그럼 아일랜드는 그 여자의 몸 어디쯤에 있었지?

시러큐스의 드로우미오 아, 그건 궁둥이에 있었어요. 저는 늪을 보고 알아냈지요.

시러큐스의 앤티포울러스 그럼 스코틀랜드는?

시러큐스의 드로우미오 그건 불모의 땅이니까 딱딱한 손바닥에 있었지요.

시러큐스의 앤티포울러스 프랑스는?

시러큐스의 드로우미오 그건 이마에 있었어요. 내란이 일어났는지 머리카락이 흐트러지고 그나마도 머리숱이 매우 적은 걸로 봐서 알 수 있었지요.

시러큐스의 앤티포울러스
영국은?

시러큐스의 드로우미오
저는 백악의 절벽을 찾아내려고 했지만 흰 절벽이란 아무 데도 없었어요. 하지만 아마 그건 그 여자의 턱에 있었을 거예요. 이마인 프랑스와 그 여자의 턱 사이에 찝찔한 콧물이 흐르고 있었으니까 말이에요.

시러큐스의 앤티포울러스
스페인은?

시러큐스의 드로우미오
사실 전 눈으로 보지는 못했지만 그 여자의 뜨거운 입김 속에 있다고 짐작은 했지요.

시러큐스의 앤티포울러스
아메리카와 서인도 제도는?

시러큐스의 드로우미오
아, 그건 바로 코에 있었지요. 그 여자의 코는 홍옥, 석류석, 청옥 등으로 온통 치장된 채 스페인의 뜨거운 입김을 향해 뽐내고 있는데 스페인은 그쪽으로 대규모의 무장 상선함대를 파견하여 그 보물을 모조리 실어 나르려고 했거든요.

시러큐스의 앤티포울러스
그럼 네덜란드와 벨기에는 어디쯤 있지?

시러큐스의 드로우미오
아, 저는 그렇게 낮은 데까지는 찾아보지 못했어요. 결론적으로 말씀드리자면, 하녀인지 마법사인지 하는 그 여자는 드로우미오라는 제 이름을 알고 저를 그렇게 불렀으며, 제가 자기와 언약한 사이니까 자기 것이라고 주장했어요. 게다가 아무도 알 턱이 없는 저의 특징들, 그러니까 어깨의 흉터며 목의 반점이며 왼팔의 큰 사마귀들을 정확하게 지적했다고요. 그래서 저는 겁에 질린 채 이 마녀 같은 여자를 피해서 도망쳐 왔지요. 만일 제 가슴이 굳은 신념으로 가득 차 있지 않았거나 제 심장이 강철처럼 단단하지 못했다면, 그 여자는 저를 꼬리 없는 개로 둔갑시킨 뒤 부엌에서 고기 꼬챙이를 돌리는 일에 부려먹었을 테지요.

시러큐스의 앤티포울러스 넌 이제 서둘러라. 즉시 항구로 가란 말이야. 어떤 종류의 바람이든 해안에서 바다 쪽으로 불기만 하면, 난 오늘 밤 이 도시에서 묵지 않겠어. 어느 배든 출항하는 것이 있다면 너는 시장으로 와라. 난 그곳에서 거닐면서 너를 기다리고 있겠어. 누구나 우리를 아는 반면에 우리는 아무도 모른다면, 우리가 즉시 짐을 꾸려서 꺼져버려야 할 때가 된 거라고.

시러큐스의 드로우미오 사람이 자기 목숨을 건지려고 곰을 피해 달아나듯이, 저는 제 아내가 되려고 안달하는 그 여자를 피해 달아나지요. *(시러큐스의 드로우미오가 퇴장한다.)*

시러큐스의 앤티포울러스 이곳에 주민들이란 마녀들과 마술사들밖에는 없어. 그러니까 나는 한시 바삐 이곳을 떠나야만 해. 나를 남편이라고 부르는 저 여자 따위를 아내로 삼는 건 딱 질색이야. 하지만 저 여자의 여동생은 참으로 얌전해. 거동이며 말씨며 정말 매력적이지. 하마터면

내가 제 정신을 잃을 뻔했어. 그러나 신세를 망쳐선 안 돼. 그 인어의 노래에 내 귀를 틀어막아야겠어.

금은 세공인 앤젤로가 금목걸이를 들고 등장한다.

앤젤로 　앤티포울러스 씨!

시러큐스의 앤티포울러스 　아, 그건 내 이름이군요.

앤젤로 　그건 나도 잘 알아요. 자, 이건 금목걸이요. 난 이걸 가지고 호저 여관에 가서 당신을 만날 작정이었지만 쉽게 완성되지 않는 바람에 이렇게 늦게 찾아온 거요.

시러큐스의 앤티포울러스 　나더러 이걸 어떻게 하라는 거요?

앤젤로 　마음대로 하세요. 당신이 주문해서 만들어드리는 것이니까요.

시러큐스의 앤티포울러스 　내가 주문해서 만들어주는 거라니요? 난 주문한 적이 없어요.

앤젤로 　무슨 소리에요. 한두 번도 아니고 스무 번이나 독촉했잖아요. 어쨌든 이걸 가지고 댁에 가서 부인을 기쁘게 해드리세요. 난 저녁 식사 때 찾아뵙겠으니 그때 대금을 치러 주세요.

시러큐스의 앤티포울러스 그럼 지금 당장 돈을 받아가시오. 그렇게 하지 않을 경우 당신은 금목걸이든 그 대금이든 모두 영영 잃고 말 테니까.

앤젤로 원, 농담은 그만두세요. 그럼 이만 실례하겠어요. *(앤젤로가 퇴장한다.)*

시러큐스의 앤티포울러스 이런 일을 어떻게 생각해야 좋을지 모르겠군. 하지만 이렇게 좋은 금목걸이를 주겠다는데 어리석게도 거절할 사람은 없지. 이곳 사람들은 살아가는 데 걱정이 전혀 없는 모양이야. 이런 금목걸이도 길에서 만난 사람에게 선물로 주고 말이야. 난 시장에 가서 드로우미오를 기다려야겠어. 떠나는 배만 있다면 난 당장 출발해야겠거든. *(시러큐스의 앤티포울러스가 퇴장한다.)*

4막 1장

거리.

상인 2인 앤젤로의 채권자와 금은 세공인 앤젤로, 그리고 관리가 등장한다.

상인 2 당신도 알다시피 성신강림 축일이 전액을 갚아야 할 기한이었지요. 난 그 기한이 지나도 그다지 재촉하지 않았고 지금도 재촉할 생각이 없어요. 하지만 페르시아로 여행을 떠나게 되는 바람에 여비가 필요하지요. 그러니까 당장 그 돈을 갚아주세요. 그렇지 않으면 이 관리가 당신을 구속하게 하겠어요.

앤젤로 나는 당신에게 빚진 금액과 똑같은 액수의 돈을 앤티포울러스에게서 받을 게 있어요. 내가 당신을 만나기 직전에 그분이 금목걸이를 가져갔거든요. 그 대금은 다섯 시에 받기로 되어 있어요. 나하고 같이 그분 저택까지 걸어갑시다. 그러면 당신에게 부채도 청산하고 감사의 말도 드리겠어요.

영국 상인의 모습

에페소의 앤티포울러스와 에페소의 드로우미오가 창녀의 집에서 나온다.

관리 굳이 그렇게 수고할 필요도 없어졌군요. 그 사람이 마침 저기서 오니까요.

에페소의 앤티포울러스 나는 금은 세공인의 집에 가보겠어. 그 동안에 넌 밧줄 한 토막을 사 가지고 오너라. 대낮에 나를 바로 내 집의 대문 밖에 세워 둔 데 대한 보복으로 마누라와 그 일당을 그 밧줄로 혼내줘야겠다 이거야. 그런데 가만 있자, 저건 금은 세공인이잖아. 넌 가봐라. 밧줄을 사서 집으로 가지고 오라고.

에페소의 드로우미오 저는 일 년에 천 번이나 얻어맞을 밧줄을 사는 거군요! 예, 그런 밧줄을 사오겠어요. *(에페소의 드로우미오가 퇴장한다.)*

에페소의 앤티포올러스 *(앤젤로에게)* 당신을 믿고 있다가는 큰일이 나겠군요! 당신은 금목걸이를 가지고 곧 나를 찾아오겠다고 약속해 놓고는 당신도 금목걸이도 내 앞에 통 나타나지 않았거든요. 아마도 당신은 우리 우정이 그 금목걸이에 매이면 너무나도 오래 지속될 거라고 생각해서 오지 않았군요.

앤젤로 농담은 두었다가 하시고, 자, 이 청구서나 받아요. 그 금목걸이는 무게가 조금도 모자라지 않고 금의 품질은 최고며 세공도 뛰어나지요. 그래서 내가 이 상인한테 빚진 금액보다 3더커트 가량 값이 더 나가는 거라고요. 그 대금을 당장 이 상인에게 치러 주세요. 이분은 해외로 여행을 떠나게 되어 지금 그 돈을 기다리고 있는 중이거든요.

에페소의 앤티포올러스 난 지금 대금을 지불할 돈이 없어요. 게다가 시내에 볼일도 있고요. 그럼 이렇게 하시죠. 당신이 저분을 모시고 우리 집으로 금목걸이를 가지고 가서 내 마누라에게 대금을 지불해 달라고 요구하세요. 아마 나도 곧 돌아갈 수 있을 거요.

앤젤로 그러면 금목걸이는 당신이 직접 가지고 오겠다는 거군요.

에페소의 앤티포울러스 아니지요. 당신이 가지고 가는 거요. 나는 늦을지도 모르니까.

앤젤로 그럼 그렇게 하겠어요. 그런데 금목걸이는 지금 당신이 가지고 있지요?

에페소의 앤티포울러스 내가 가지고 있지 않다면 아마 당신이 가지고 있겠지요. 그렇지 않다면 당신은 대금을 받지 못하고 돌아가야 할 테니까요.

앤젤로 자, 제발 그러지 마시고 금목걸이를 이리 주세요. 바람과 밀물 썰물이 이분을 기다리고 있는데, 내가 이분을 너무 오래 여기 지체하게 하면 미안하거든요.

에페소의 앤티포울러스 이거 봐요! 당신은 호저 여관으로 오기로 한 약속을 어긴 데 대한 변명으로 이렇게 얼버무리는 거요? 약속 위반에 대해서는 내가 당신을 꾸짖어야 마땅해요. 그런데 당신이 사나운 계집처럼 먼저 시비를 걸어오는군요.

상인 2 시간이 자꾸만 흘러가니 제발 빨리 해결해 줘요.

앤젤로 당신 귀에도 이분이 재촉하는 말이 들릴 거요. 얼른 금목걸이를 내놔요!

에페소의 앤티포울러스 이봐요, 그 금목걸이는 당신이 내 마누라에게 가지고 가서 대금을 받으라고요.

앤젤로 아니, 뭐라고요? 그건 조금 전에 당신에게 드렸잖아요. 금목걸이를 내게 주든가, 아니면 무슨 증거가 될 만한 다른 거라도 주세요.

에페소의 앤티포울러스 칫, 당신은 이제 농담이 너무 지나치군요. 자, 금목걸이는 어디 있지요? 제발 좀 보여 달라고요.

상인 2 나 역시 여기서 빈둥거리고 있을 수는 없어요. 돈을 나에게 지불하겠는지 못하겠는지 대답하세요. 지불하지 못하겠다면, 난 저 사람을 관리에게 넘길 수밖에 없어요.

에페소의 앤티포울러스 나더러 당신에게 대답하라고? 도대체 무슨 대답을 하라는 거요?

앤젤로 당신이 나에게 치러야 할 금목걸이 대금에 대해서 말이오.

에페소의 앤티포울러스 난 당신에게 돈을 지불할 의무가 전혀 없어요. 금목걸이를 받지 않았으니까요.

앤젤로 이것 보세요. 내가 반시간 전에 드렸잖아요.

에페소의 앤티포울러스 그렇게 말씀하시면 섭섭하지요. 당신은 아무것도 나에게 주지 않았다고요.

앤젤로 받지 않았다니요? 나는 한층 더 섭섭하군요. 나의 신용에 관계된다는 걸 좀 생각해 주세요.

상인 2 자, 관리, 나의 고발에 따라 저 사람을 구속하시오.

관리 그러지요. *(앤젤로에게)* 나는 공작의 이름으로 당신을 체포하니 당신은 복종하시오.

앤젤로 *(앤티포울러스에게)* 이건 내 명예가 걸린 문제라고요. 대금 지불에 동의하지 않는다면, 난 이 관리가 당신을 구속하게 할 거요.

에페소의 앤티포울러스 받지도 않은 물건의 대금을 지불하는 데 동의하라니! 이런 바보 같으니라고. 감히 나를 구속시킬 테면 해봐요.

앤젤로 *(관리에게)* 자, 이건 당신 수고비니까 받고, 저 놈을 체포하시오. 나는 이렇게 공공연하게 모욕을 당해서야 형제라도 용서할 수가 없지요.

관리 *(앤티포울러스에게)* 당신도 들은 고발에 따라 나는 당신을 구속하는 거요.

에페소의 앤티포울러스 *(관리에게)* 보석금을 치를 때까지 나는 당신에게 복종할 거요. *(앤젤로에게)* 하지만 이봐요, 당신은 이 장난의 대가를 아주 단단히 치를 거요. 당신 가게의 금붙이가 모조리 거덜이 나도록 말이오.

앤젤로 좋아요, 좋아. 난 이 에페소에서 법에 호소할 거요. 단언하지만 당

앤젤로 : 자, 이건 당신 수고비니까 받고,
저 놈을 체포하시오.

신은 지독한 치욕을 당할 거요.

이때 시러큐스의 드로우미오가 해안 쪽에서 돌아온다.

시러큐스의 드로우미오 주인님, 에피댐넘의 선박이 있어요. 선주가 승선할 때까지 기다리는 중인데 선주가 승선하면 즉시 떠난다고 해요. 그래서 저는 우리 짐을 이미 배에 실어 놓았고, 기름과 향유와 술도 사다가 마련했지요. 배는 출항할 준비를 마쳤고, 상쾌한 바람은 육지 쪽에서 순조롭게 불고 있다고요. 이제 만반의 준비는 다 되었어요. 다만 선주와 선장과 주인님을 기다리고 있을 뿐이지요.

에페소의 앤티포울러스 무슨 소리야? 너 미쳤어? 아니, 이 바보 같은 놈아, 에피댐넘의 무슨 배가 날 기다리고 있다는 거야?

시러큐스의 앤티포울러스 주인님이 저에게 선편을 알아보고 오라고 지시하신 그 배 말이지요.

에페소의 앤티포울러스 술주정뱅이 놈아, 난 너에게 밧줄을 사오라고 심부름을 보냈어.

무슨 목적으로 어디에 사용할 것인지도 알려줬잖아.

시러큐스의 드로우미오 그야 밧줄 토막을 사러 나갈 수도 있었겠지요. 하지만 이번엔 항구에 가서 선편을 알아보고 오라는 지시를 받았다고요.

에페소의 앤티포울러스 이 문제는 다음에 좀 더 한가할 때 따지겠어. 그리고 네가 좀 더 주의 깊게 내 말을 듣도록 만들기 위해 네 두 귀에 버릇을 가르쳐 줄 작정이다 이거야. 야, 이놈아, 곧장 안주인에게 가서 이 열쇠를 드린 다음, 터키 자수 직물에 덮인 책상 속에 돈지갑이 있으니 그걸 보내달라고 전해라. 내가 길에서 구속되어 있는데 보석금이 필요하다고 전하란 말이야. 이놈아, 어서 가보라고. 그럼 관리, 돈이 올 때까지 난 감옥에 들어 있을 테니 갑시다. *(시러큐스의 드로우미오만 남고 모두 퇴장한다.)*

시러큐스의 드로우미오 안주인에게 가라고? 거긴 우리가 식사를 한 집이지. 하녀가 나를 자기 남편이라고 주장한 그 집이라고. 그 여자는 하도 뚱뚱해서 내 두 팔로는 껴안을 수가 없을 거야. 마음이 내키지는 않아도 난 그 집에 가야만 해. 하인이란 주인의 뜻을 따라야만 하니까.

4막 2장

에페소의 앤티포울러스의 집 앞의 광장.

에이드리에이너와 루시아너가 등장한다.

에이드리에이너 아, 루시아너, 그 사람이 널 그렇게 유혹했다고? 널 설득하려고 들 때 그 사람의 눈빛에 진심이 서려 있는지 아닌지 넌 분명히 간파했니? 그 사람의 얼굴은 빨갛게 상기되어 있었어? 아니면, 창백했어? 기분은 우울하게 보였어? 아니면, 유쾌하게 보였어? 그때 그 사람의 얼굴에 자기 마음속의 불안이 나타나 보였니?

루시아너 첫째, 언니가 자기를 남편이라고 말할 권리가 없다는 거예요.

에이드리에이너 자기가 나를 아내로 대우하지 않으니까 그렇게 말할 테지. 그래서 난 더욱 분한 거야.

루시아너 그리고 자기는 이곳과 전혀 관계없는 사람이라는 거예요.

에이드리에이너 온통 거짓말만 하는 사람이 그거 하나만은 진실을 실토했네.

루시아너 그래서 난 언니를 변호했어요.

에이드리에이너 그래 뭐라고 하던?

루시아너 언니를 사랑해 드리라고 했더니, 형부는 나에게 자기를 사랑해달라고 하더군요.

에이드리에이너 어떤 솜씨로 너를 설득하려고 했는데?

루시아너 정식으로 구애하는 경우였다면 감동할 만한 말투였어요. 우선은 나를 예쁘다고 칭찬했고, 그 다음에는 말씨가 곱다고 칭찬했어요.

에이드리에이너 너는 칭찬을 받을 만하게 말을 했니?

루시아너 언니, 아니에요. 참으세요.

에이드리에이너 난 참을 수도 없고 참지도 않을 테야. 내 마음은 참고 있다 해도 내 혀는 가만있지 않을 거야. 그이는 병신에 꼽추며 늙고 시들었어. 얼굴도 못생겼고 몸도 병신 같으며, 구석구석이 꼴불견이야. 부도덕하고 비신사적이며, 멍청하고 미련하고 비인간적이라고. 불구의 몸에다가 마음씨는 더욱 비뚤어져 있어.

루시아너 그런 사람이라면 어느 누가 질투하겠어요? 나쁜 것이 없어졌다고

해서 울고불고할 사람은 없어요.

에이드리에이너 아, 난 그이가 지금 내가 말한 그런 사람보다는 낫다고 여기면서도 다른 사람들 눈에는 그보다 더 흉악하게 보이기를 바라는 거야. 푸른 도요새가 자기 둥지를 멀리 떠나서 울어대는 것처럼 나도 혀로는 저주해도 마음으로는 그이를 위해 빌고 있어.

시러큐스의 드로우미오가 등장한다.

시러큐스의 드로우미오 자, 서두르세요. 책상, 그리고 돈지갑 말이에요! 아, 글쎄, 빨리 서두르시라니까요.

루시아너 넌 왜 그렇게 숨이 찬 거냐?

시러큐스의 드로우미오 급하게 달려왔거든요.

에이드리에이너 네 주인님은 어디 계시지? 아무 일도 없으시냐?

시러큐스의 드로우미오 천만에요. 지옥보다 더 나쁜 감옥에 들어가 계시거든요. 영원히 해지지 않는 가죽옷을 입은 악마에게 체포되었지요. 냉혹한 심장에는 강철 단추를 달고 인정사정도 없는 악마, 귀신, 늑대, 아니, 쇠가죽 옷을 입은 나쁜 놈에게 체포됐단 말이에요. 제법 친구인 척하면서 뒤에서 살그머니 어깨를 치는 놈, 골목이나 샛길이나 좁은 빈 터에서 망을 보고 있는 놈, 반대 방향으로 쫓아가는 것 같아도 결국은 냄새를 맡아내는 사냥개 같은 놈, 재판하기도 전에 불쌍한 사람들을 지옥으로 끌고 가는 놈, 그런 놈한테 체포됐다 이거예요.

에이드리에이너 아니, 이봐, 그게 어떻게 된 일이냐?

시러큐스의 드로우미오 저도 영문을 모르겠어요. 하여튼 주인님은 고소를 받아 체포되었다고요.

에이드리에이너 아니, 체포되었다니? 누가 고소했는데?

시러큐스의 드로우미오 누가 고소해서 주인님이 체포됐는지는 저도 몰라요. 하지만 제가 말씀드릴 수 있는 것이라고는 쇠가죽 옷을 입은 감옥 교도관이 주인님을 체포했다는 것뿐이지요. 보석금을 보내 주시겠어요? 돈은 주인님 책상에 들어 있다더군요.

에이드리에이너 루시아너, 네가 가서 가져와라. 참 이상한 일도 다 있네. *(루시아너가 퇴장한다.)* 그이가 나도 모르게 빚을 지고 있다니 말이야. 이봐, 그이는 차용증서 때문에 체포된 거냐?

시러큐스의 드로우미오 차용증서가 아니라 그보다 더 강력한 것 때문이지요. 목걸이, 목걸이 때문이라고요! 저 소리가 들리지 않나요?

에이드리에이너 아니, 목걸이 소리 말이냐?

시러큐스의 드로우미오 천만에요. 그게 아니라 종소리 말이에요. 지금은 제가 이미 돌아가 있어야 할 시간이지요. 제가 주인님 곁을 떠난 건 두 시였는데 지금 시계가 한 시를 치는군요.

에이드리에이너 시간이 거꾸로 가다니! 그런 말은 난 들어본 적이 없어.

시러큐스의 드로우미오 아, 거꾸로 가고말고요. 시간도 교도관을 만나면 겁이 나서 뒤로 가지요.

에이드리에이너 시간이 마치 빚이라도 진 것처럼 뒤로 간다니! 넌 어이없는 소리나 지껄이고 있어!

시러큐스의 드로우미오 시간이야말로 파산자지요. 공수표를 떼어 놓고는 제때에 결재하지 못하니까요. 아니, 도둑이기도 하지요. 사람들이 하는 말을 듣지 못했나요? 시간은 밤낮을 가리지 않고 살금살금 다가온다고 하잖아요? 시간이 채무자에다가 도둑놈인데 큰길에서 교도관을 만나면 하루에 한 시간쯤 뒷걸음질 치는 게 뭐가 이상하겠어요?

루시아너가 돈지갑을 가지고 등장한다.

에이드리에이너 이봐, 드로우미오, 이 돈을 가지고 가서 네 주인님을 즉시 모시고 와라. *(시러큐스의 드로우미오가 퇴장한다.)* 루시아너, 가자. 난 상상에 짓눌려서 가슴이 미어질 것만 같아. 상상이란 위안이 될 때도 있지만 고민이 될 때도 있어. *(모두 퇴장한다.)*

4막 3장

에페소의 시장 거리.

시러큐스의 앤티포울러스가 등장한다.

시러큐스의 앤티포울러스 만나는 사람마다 모두 마치 내가 자기의 친한 친구인 듯이 내 이름을 부르며 인사하는군. 나에게 돈을 주는 사람들, 나를 초대하는 사람들, 나의 친절에 대해 감사하다고 말하는 사람들, 나에게 물건을 팔겠다는 상인들 등 가지가지로군. 심지어는 조금 전에 재단사가 자기 가게로 나를 불러들인 뒤, 내가 주문했다는 비단을 보여주면서 내 몸의 치수를 쟀어. 이건 모두 분명히 마술의 장난에 불과해. 저 북극의 마술사들이 여기 살고 있단 말이야.

시러큐스의 드로우미오가 등장한다.

시러큐스의 드로우미오 자, 주인님, 분부하신 대로 여기 돈을 가지고 왔어요. 아니, 새 옷을 입은 늙은 아담의 사진이라고 할 그 작자를 주인님은 어디로 떼어버렸나요?

시러큐스의 앤티포울러스 이건 웬 돈이냐? 그리고 아담이라니 그게 무슨 말이냐?

시러큐스의 드로우미오 낙원을 지키던 아담이 아니라 감옥을 지키고 있는 아담 말이에요. 돌아온 탕자를 위해 잡은 송아지의 가죽으로 만든 옷을 입은 놈, 사악한 천사처럼 뒤로 살그머니 다가와서는 주인님의 자유를 구속하겠다고 말하는 놈 말이에요.

시러큐스의 앤티포울러스 난 네 말이 무슨 소린지 도무지 모르겠어.

시러큐스의 드로우미오 모르시겠다니요? 아니, 이건 누구나 쉽게 아는 일이라고요. 가죽케이스에 든 저음의 첼로처럼 돌아다니는 놈, 지쳐 있는 사람을 좀 쉬게 해준답시고 영영 쉬게 하는가 하면, 영락한 사람을 동정한답시고 감옥의 죄수복을 입혀 주며, 창 같은 무기보다는 자기 직권의 지팡이를 휘둘러서 공훈을 세우기로 결심한 자식 말이에요.

시러큐스의 앤티포울러스 아니, 넌 감옥 교도관을 두고 하는 말이냐?

시러큐스의 드로우미오 그래요. 교도관들 패거리에 속하는 그놈 말이에요. 계약을 어기는 사람은 어느 누구든 모조리 끌고 가는 놈, 사람은 언제나 잠자고 싶어 한다고 생각해서 "편히 쉬시오!' 라고 말하는 놈 말이에요.

시러큐스의 앤티포울러스 그럼 네 바보소리도 좀 쉬게 해라. 오늘 밤 출항하는 선박은 있느냐? 우리는 떠날 수 있겠느냐?

시러큐스의 드로우미오 아니, 이미 한 시간 전에 말씀드렸잖아요? 원정 호 the Expedition가 오늘 밤 출항한다고 말이에요. 그때 마침 교도관이 와서 주인님은 당분간 지체되는 바람에 작은 배인 연기 호 the Delay를 타게 되신 거라고요. 자, 주인님이 저더러 가지고 오라고 분부하신 금화들이 여기 있어요.

시러큐스의 앤티포울러스 이 녀석은 돌았어. 나 역시 마찬가지야. 우리는 여기서 환상의 세계를 헤매고 있는 거야. 어느 신이든 제발 우리를 여기서 구출해 주십시오!

화려한 옷을 입은 창녀가 자기 집에서 나온다.

창녀 앤티포울러스 씨, 마침 잘 만났어요. 잘 만나고말고요. 제가 보기에 당신은 방금 금은 세공인을 만나셨군요. 그게 오늘 저에게 주겠다고 약속하신 금목걸이인가요?

시러큐스의 앤티포울러스 사탄 Satan아, 꺼져 버려! 나를 유혹하지 말란 말이야!

시러큐스의 드로우미오 주인님, 이 여자는 사탄인가요?

시러큐스의 앤티포울러스 그래, 악마야.

시러큐스의 드로우미오 아니, 그보다 더 고약해요. 악마의 어미거든요. 그래서 이 여자는 바람난 계집의 옷차림으로 온 거라고요. 바로 그렇기 때문에 계집들은 "나는 신의 저주를 받아 마땅해."라고 말하는데 그건 "신은 나를 바람난 계집으로 만들어 주세요."라는 말과 같지요. 바람난 계집들이 남자들의 눈에 광채의 천사처럼 보인다고 책에 기록되어 있지만, 광채란 불의 효과며 불은 태울 테지요. 그러므로 바람난 계집들은 불로 태울 테지요. 이 여자를 가까이 하지 마세요.

창녀 당신도 당신 하인도 모두 기분이 매우 좋으시군요. 자, 저하고 같이 가요. 같이 가서 점심 식사를 마치자고요.

시러큐스의 드로우미오 주인님, 죽이나 기대하세요. 그러니까 긴 숟가락을 준비하시라고요.

시러큐스의 앤티포울러스 어째서 그러냐?

시러큐스의 드로우미오 글쎄, 악마와 함께 식사하는 사람은 긴 숟가락이 반드시 필요하거든요.

시러큐스의 앤티포울러스 그렇다면 악마야, 꺼져 버려! 뭣 때문에 나하고 식사하자는 거냐? 너도 다른 계집들과 마찬가지로 마녀야. 수리수리 마하수리, 꺼져라, 없어져라.

창녀 아까 식사 때 당신이 가져간 제 다이아몬드 반지를 되돌려주세요. 그렇지 않으면 당신이 약속한 금목걸이를 그거 대신에 달라고요. 그러면 전 조용히 돌아가고 당신에게 귀찮게 굴지 않을 테니까요.

시러큐스의 드로우미오 다른 악마들이 요구하는 거라고는 잘라낸 손톱 끝이나, 동심초 하나, 머리카락 한 올, 피 한 방울, 핀 한 개, 밤 한 톨, 앵두 한 알 따위에 불과해요. 그러나 이 마녀는 한층 더 탐욕스러워서 금목걸이를 차지하려 드는군요. 주인님, 경계하세요. 만일 그걸 주신다면, 저 악마는 그 금줄을 흔들어대면서 우리를 위협할 테니까요.

창녀 제발 제 반지를 돌려주시든가 아니면 금목걸이를 달라고요. 설마 저를 속여서 반지를 갈취할 작정은 아니겠지요?

시러큐스의 앤티포울러스 마녀야, 꺼져 버려! 드로우미오, 우린 가자.

시러큐스의 드로우미오 공작새가 "허영이여, 날아가 버려!" 라고 말하지. 아가씨, 이 말이 무슨 뜻인지 알고 있지? *(시러큐스의 앤티포울러스와 시러큐스의 드로우미오가 퇴장한다.)*

창녀 저런, 앤티포울러스는 의심의 여지도 없이 미쳤어. 그렇지 않다면 저렇게 스스로 품격을 떨어뜨릴 리가 없거든. 저분이 가져간 내 반지는 40더커트 짜리인데, 그 대신 금목걸이를 주겠다고 약속해놓고 이제 와서는 그 어느 것도 주기를 거절하는군. 저분이 미쳤다고 내가 추측하는 이유는, 조금 전에 보여준 그의 난폭한 언행 이외에도 오늘 식사 때 한 저 미치광이 같은 얘기가 있는데, 그건 자기 집에 들어가려고 하니까 문이 잠겨 있었다는 거야. 부인이 아마 남편의 발작을 미리 알고 일부러 문을 잠가두었겠지. 나는 이 길로 저분 집에 가서 부인에게 알려야겠어. 저분이 미치광이가 되어 내 집에 뛰어 들어오더니 강제로 내 반지를 빼앗아 갔다고 말이야. 그렇게 하는 게 제일 좋은 방법이야. 난 40더커트나 되는 막대한 손해를 볼 수야 없거든. *(창녀가 퇴장한다.)*

4막 4장

거리.

에페소의 앤티포울러스가 교도관과 함께 등장한다.

에페소의 앤티포울러스 이봐, 염려 말아요. 난 도망칠 사람이 아니니까. 일단 구속된 이상 난 풀려날 때 보석금으로 그만한 액수의 돈을 낼 거요. 오늘 내 아내는 기분이 언짢아서 내 하인의 말을 쉽사리 곧이듣지는 않을 테지요. 내가 여기 에페소에서 구속됐다는 말은 내 아내의 귀에 참으로 괴상하게 들릴 게 빤하니까.

이때 에페소의 드로우미오가 밧줄 토막을 들고 등장한다.

에페소의 앤티포울러스 저기 내 하인이 오는군. 돈을 가지고 왔을 테지. 어이, 이봐! 내가 가져오라고 한 걸 가지고 왔느냐?

에페소의 드로우미오 예, 여기 가지고 왔어요. 이걸로 주인님은 톡톡히 보복하실 수 있다고요.

에페소의 앤티포울러스 하지만 돈은 어디 있지?

에페소의 드로우미오 아니, 돈이라면 제가 이 밧줄의 대금으로 지불했지요.

에페소의 앤티포울러스 이놈아, 밧줄 값으로 5백 더커트나 지불했다고?

에페소의 드로우미오 그런 값이면 제가 밧줄을 5백 개쯤 마련해 드리겠어요.

에페소의 앤티포울러스 넌 내가 무슨 목적으로 너를 급하게 집으로 보냈는지 모른단 말이냐?

에페소의 드로우미오 밧줄 토막 때문이었지요. 그리고 그 일 때문에 저는 이렇게 돌아왔고요.

에페소의 앤티포울러스 그 일 때문이라면, 자, 이렇게 맛이나 실컷 봐라. *(주먹으로 때린다.)*

교도관 이거 보세요. 참으시라고요.

에페소의 드로우미오 아니, 참아야 할 사람은 바로 저라고요. 저는 지금 역경에 처해 있거든요.

교도관 이봐, 넌 입을 다물고 있어.

에페소의 드로우미오 그보다는 주인님의 주먹질이나 말려달라고요.

에페소의 앤티포울러스 넌 창녀의 새끼, 둔감한 자식이야.

에페소의 드로우미오 저도 제가 둔감한 놈이면 좋겠어요. 그러면 주인님에게 이렇게 얻어맞아도 아프지 않을 테니까요.

에페소의 앤티포울러스 넌 얻어맞을 때에만 감각으로 느끼는 놈이야. 당나귀와 똑같아.

에페소의 드로우미오 저는 정말로 당나귀지요. 저의 기다란 귀들이 그 사실을 증명해요. 저는 태어나서부터 지금까지 주인님을 섬겨왔지만 그 대가로 주인님이 자기 손으로 제게 준 것이라고는 주먹질밖에 없다고요.

제가 추위에 시달릴 때면 주인님은 저를 때려서 덥게 만들어주시고, 제가 더위에 짓눌릴 때는 저를 때려서 간담이 서늘하게 만드시지요. 제가 잠이 들면 때려서 깨워 놓으시고, 제가 앉아 있으면 때려서 일으켜 세우시지요. 심부름 보낼 때는 저를 때려서 대문 밖으로 내보내시고 제가 돌아오면 또 주먹질로 환영하신다고요. 자, 그래서 거지 여자가 자기 애새끼를 늘 업고 다니듯이 제 어깨는 얻어맞은 자국을 언제나 지고 있지요. 주인님이 저를 절름발이로 만든다면 저는 얻어맞은 자국을 지닌 채 이집 저집 구걸하고 다닐 테지요.

에이드리에이너, 루시아너, 창녀 그리고 학교 선생이자 마법사인 핀취가 등장한다.

에페소의 앤티포울러스 자, 같이 갑시다. 내 아내가 마침 저기 오는군요.

에페소의 드로우미오 안주인님, 목숨을 잃지 않도록 조심하세요. 앵무새처럼 예언하지만, 밧줄 토막을 경계하란 말이에요.

에페소의 앤티포울러스 너 아직도 까불어? *(에페소의 드로우미오를 때린다.)*

창녀 자, 어때요? 당신 남편이 마치지 않았다는 건가요?

에이드리에이너 저런 횡포로 봐서는 미친 게 분명해요. 핀취 박사님, 당신은 마법사니까 저분이 제 정신을 되찾게 해주세요. 보수는 당신이 요구하시는 대로 얼마든지 드리겠어요.

루시아너 맙소사! 얼마나 불같이 화를 내며 얼마나 살벌한 표정인가!

창녀 광기의 발작으로 얼마나 부들부들 떨고 있는지 보세요!

핀취 맥을 짚어드릴 테니까 손을 이리 내미세요.

에페소의 앤티포울러스 에잇, 이 손으로 네 귀싸대기나 어루만져 주겠어. *(핀취의 귀싸대*

핀취 : 나는 하늘나라의 모든 성인의 이름으로 네게 마술을 건다.

기를 때린다.)

핀취 나는 이분의 육체 안에 들어 있는 사탄에게 명령한다. 나의 신성한 기도에 항복하여 너의 암흑세계로 당장 물러가라. 하늘나라의 모든 성인들의 이름으로 나는 기원한다!

에페소의 앤티포울러스 입 닥쳐! 망령이 든 마법사야, 입 닥치라고! 난 미치지 않았단 말이야.

에이드리에이너 아, 제정신도 아니고 가련한 내 남편 같으니! 당신이 미치지 않았다면 그 얼마나 좋겠느냐고요!

에페소의 앤티포울러스 이 허튼 계집 같으니라고. 이것들이 당신 손님들인가? 안색이 누런 저놈이 오늘 내 집에서 술을 마시고 흥청댔지? 그래서 죄를 감추려고 대문을 걸어 잠근 채 내가 집에 들어가지 못하게 한 거지?

에이드리에이너 아, 여보, 당신은 분명히 집에서 같이 식사하셨어요. 도대체 당신은 지금까지 어디 계셨단 말인가요? 이런 비방과 수치를 태연히 무릅쓴 채 말이에요.

에페소의 앤티포울러스 내가 집에서 식사했다고? *(드로우미오에게)* 이놈아, 네가 말을 좀 해봐.

에페소의 드로우미오 사실대로 말하자면, 주인님은 집에서 식사하지 않으셨지요.

에페소의 앤티포울러스 내 집의 대문은 잠긴 채였고 난 안에 들어가지 못했지?

에페소의 드로우미오 그럼요. 대문은 잠긴 채였고 주인님은 들어가지 못하셨지요.

에페소의 앤티포울러스 그리고 내 마누라가 직접 나에게 욕을 했지?

에페소의 드로우미오 정말이지 안주인님이 직접 욕을 하셨지요.

에페소의 앤티포울러스 부엌데기 하녀마저 나에게 악담하고 조롱과 모욕의 말을 퍼붓지 않았겠어?

에페소의 드로우미오 틀림없어요. 부엌데기 하녀마저 주인님에게 욕을 했지요.

에페소의 앤티포울러스 그래서 내가 화를 내고 거기서 물러났던 게 아니냐?

에페소의 드로우미오 참으로 주인님은 그렇게 하셨지요. 제 뼈에 그 증거가 남아 있다고요. 그 후 주인님은 격노하여 저를 마구 때렸거든요.

에이드리에이너 *(핀취에게)* 저 하인은 엉터리 수작으로 내 남편에게 맞장구를 쳐도 괜찮은가요?

핀취 괜찮아요. 저놈은 자기 주인의 기분을 알며 그의 광기를 달래주기 위해 저러는 거지요.

에페소의 앤티포울러스 *(자기 아내에게)* 당신은 금은 세공인을 선동해서 내가 체포되도록 만들었어.

에이드리에이너 맙소사! 저는 당신을 풀어주려고 돈을 보냈다고요. 돈을 가지러 허겁지겁 달려온 이 드로우미오의 인편에 말이에요.

에페소의 드로우미오 제 인편에 돈을 보냈다고요? 안주인님에게 그런 선의와 호의가 있었는지는 몰라도, 주인님, 저는 돈의 그림자도 보지 못했다고요.

에페소의 앤티포울러스 그럼 넌 돈 주머니를 가지러 내 마누라에게 가지 않았다는 거냐?

에이드리에이너 저놈은 저에게 왔고 그래서 저는 돈 주머니를 내주었어요.

루시아너 그 사실에 대해서는 제가 증인이에요.

에페소의 드로우미오 저는 밧줄을 사러 갔을 뿐이라고요. 하느님과 밧줄 장사가 제 증인이지요.

핀취 부인, 하인도 주인도 모두 악마에 홀려버렸군요. 그걸 난 저 사람들의 창백하고 시체 같은 안색으로 알 수 있지요. 이 두 사람은 묶어서 암실에 가두어두지 않으면 안 되겠어요.

에페소의 앤티포울러스 *(에이드리에이너에게)* 이봐, 당신은 어째서 오늘 대문을 걸어 잠근 채 내가 안에 들어가지 못하게 했지? *(드로우미오에게)* 그리고 넌 왜 금화 주머니를 모른다고 부인하는 거냐?

에이드리에이너 여보, 저는 당신이 들어오지 못하게 대문을 잠근 적이 없어요.

에페소의 드로우미오 그리고 주인님, 저는 돈을 받은 적이 없다고요. 그러나 고백하지만, 우리가 들어가지 못하도록 대문은 잠겨 있었지요.

에이드리에이너 이 거짓말쟁이 악당 놈아, 네 말은 두 가지 모두 거짓말이야.

에페소의 앤티포울러스 이 거짓말쟁이 창녀야, 당신 말은 모조리 거짓말이야. 당신은 저 주반은 이 패거리와 작당해서 나를 지긋지긋한 조롱거리로 삼고 있어. 내 손톱으로 거짓말쟁이인 너의 눈알들을 뽑아 버릴 테야. 나에게 창피를 주고 고소하게 바라보려는 그 눈알들을 말이야. *(자기 아내에게 대들려고 한다.)*

에이드리에이너 *(비명을 지르며)* 아, 저 사람을 묶어요. 묶으라고요. 그래서 내 곁에 다가오지 못하게 하세요.

핀취 사람들을 더 불러 들여라! 저 사람 안에 들어 있는 악마는 힘이 세니까!

이때 서너 명이 달려들어 에페소의 앤티포울러스를 묶으려고 한다. 그는 반항한다.

루시아너 저런, 저런, 불쌍하기도 해라! 얼마나 창백하고 파리한 안색인가!

에페소의 앤티포울러스 아니, 너희는 나를 죽일 작정이냐? 이봐, 교도관, 나는 당신의 죄수라고요. 그런데 이놈들이 나를 납치해 가도 당신은 가만히 있을 거요? *(손이 묶인다.)*

교도관 여러분, 이 사람을 풀어 주시오. 이 사람은 나의 죄수고 당신들을 잡아갈 권리가 없다 이거요.

핀취 저 하인도 묶으시오. 저놈도 미쳤으니까.

사람들이 달려들어 에페소의 드로우미오의 몸을 묶는다.

에이드리에이너 이봐요, 성마른 교도관, 어떻게 할 작정이지요? 비참한 환자가 발광하며 자기 자신을 못 살게 굴고 있는 꼴을 신이 나서 구경만 하겠다는 건가요?

교도관 이 사람은 나의 죄수라고요. 만일 놓쳐 버리면 내가 이 사람의 빚

교도관에게 채포되는 에페소의 앤티포울러스

을 갚아야 한다 이거요.

에이드리에이너 그 돈은 제가 당신과 작별하기 전에 지불해 드리겠어요. 이분의 채권자에게 저를 안내해 주세요. 이분이 어떻게 빚을 지게 되었는지 경위를 알아본 뒤에 제가 갚을 테니까요. 박사님, 환자를 저의 집까지 안전하게 데려가 주세요. 아, 이렇게 무정한 날은 처음 봤어!

에페소의 앤티포울러스 아, 이렇게 무정한 창녀는 처음 봤어!

에페소의 드로우미오 주인님 덕분에 저도 이렇게 묶이게 됐어요.

에페소의 앤티포울러스 이놈아, 꺼져 버려! 넌 나를 미치게 할 작정이냐?

에페소의 드로우미오 주인님은 아무 죄도 없이 묶이기만 할 건가요? 주인님, 미쳐버리세요. 그리고 "악마야!" 하고 고함치세요.

루시아너 아, 둘 다 가련해요. 헛소리나 지껄이고 있으니 말이야.

에이드리에이너 이분을 얼른 집으로 데리고 가세요. 루시아너, 넌 나하고 같이 가자. *(교도관, 에이드리에이너, 루시아너, 창녀는 남고 다른 사람들은 퇴장한다.)* 자, 이제 얘기해 보세요. 누가 고발해서 제 남편이 구속되었나요?

교도관 금은 세공인 앤젤로라는 사람이 고발했지요. 그 사람을 아시나요?

에이드리에이너 예, 알아요. 제 남편의 채무는 얼마나 되지요?

교도관 2백 더커트입니다.

에이드리에이너 그 채무는 어떻게 지게 된 건가요?

교도관 당신 남편이 그 금은 세공인에게서 받은 금목걸이의 대금이라고 하더군요.

에이드리에이너 제 남편이 저에게 금목걸이를 선물하겠다는 말은 했어요. 하지만 저는 아직 그걸 받지 못했다고요.

창녀 당신 남편은 오늘 화가 나서 우리 집을 찾아오더니 제 반지를 가져갔어요. 지금 그분이 손가락에 끼고 있는 반지가 바로 그거라고요. 그런데 제가 다시 그분을 만났을 때에는 금목걸이를 가지고 있었어요.

에이드리에이너 그럴지도 몰라요. 난 금목걸이를 본 적도 없지만 말이에요. 자, 교도관, 그 금은 세공인에게 저를 안내해 주세요. 저는 이 문제에 관해서 더 자세히 진상을 알아봐야겠어요.

시러큐스의 앤티포울러스와 시러큐스의 드로우미오가 각각 칼을 빼든 채 등장한다.

루시아너 맙소사! 저 두 사람이 또 풀려났네요.

관리 :
꺼져라. 그들이 우리를 죽일 것이다.

에이드리에이너 게다가 모두 칼을 빼들고 있어. 사람들을 더 불러서 저 둘을 다시 묶어 달래야겠어.

교도관 어서 피하세요. 저것들이 우릴 죽일 테니까요.

모두 도망가 버린다. 시러큐스의 앤티포울러스와 시러큐스의 드로우미오만 남는다.

시러큐스의 앤티포울러스 저 마녀들도 칼은 무서워하는군.

시러큐스의 드로우미오 주인님의 아내가 되려던 여자도 도망쳐 버리네요.

시러큐스의 앤티포울러스 넌 반인반마 여관에 가서 우리 짐을 꾸려 가지고 와라. 우린 어떡해서든지 무사히 배를 타야만 해.

시러큐스의 드로우미오 오늘 밤은 제발 여기서 묵으세요. 이곳 사람들은 분명히 우리를 해치지 않을 거예요. 주인님도 보셨지만 사람들은 우리에게 말도 곱게 했고 돈도 주었거든요. 제가 보기에는 모두 친절한 것 같아요. 그래서 제 아내가 되겠다고 버티는 미치광이 같은 살덩어리만 없다면 저는 이곳에 내내 머물러서 마법사가 되어도 좋겠다고요.

시러큐스의 앤티포울러스 난 이 도시 전체를 준다고 해도 오늘 밤 여기에서 묵지 않겠어. 그러니까 넌 가서 우리 짐을 배에 실어라. *(모두 퇴장한다.)*

5막 1장

앤티포울러스의 집 앞의 광장.

상인 2와 금은 세공인 앤젤로가 등장한다.

앤젤로 당신을 지체시켜서 죄송하군요. 그러나 금목걸이는 분명히 그분이 나에게서 받아갔지요. 그분이 그걸 부정하는 건 말이 안 된다고요.

상인 2 이 도시에서 그분의 평판은 어떤가요?

앤젤로 대단한 존경을 받아요. 신용은 한없이 든든하고 모든 사람의 총애도 받고 있으며, 이 도시에서는 그 누구에도 못지않은 분이지요. 그분의 말이라면 나는 언제든지 전 재산을 맡겨도 좋아요.

상인 2 어조를 낮추세요. 저기 그분이 오는 모양이니까.

시러큐스의 앤티포울러스와 시러큐스의 드로우미오가 등장한다.

앤젤로 그렇군요. 목걸이를 받은 적이 없다고 정말 기이하게도 잡아떼더니 자기 목에 바로 그 금목걸이를 걸고 있네요. 자, 내 곁으로 가까이 다가오세요. 나는 저분과 이야기를 좀 할 테니까요. 앤티포울러스 씨, 당신은 왜 나를 이렇게 모욕하고 골탕 먹이는지 통 알 수가 없군요. 이러면 당신도 비방을 면하지 못할 거예요. 이 금목걸이를 받지 않았다고 떼를 쓰며 완강히 부정하시더니만 지금은 이렇게 공공연하게 당신 몸에 지니고 있네요. 당신 때문에 나는 고발당했고 수치스럽게 투옥까지 했어요. 그뿐만 아니라 당신은 선량한 이 친구에게도 욕을 보였다고요. 이분은 우리의 이런 사건 때문에 오늘 출항을 못했어요. 이 금목걸이는 나에게서 받은 거잖아요. 당신은 그걸 부정할 수 있나요?

시러큐스의 앤티포울러스 당신에게서 받은 것 같군요. 난 그걸 부정한 적이 없어요.

상인 2 천만에. 당신은 부정했어요. 맹세마저 하면서 말이에요.

시러큐스의 앤티포울러스 내가 부정하거나 맹세하는 말을 누가 들었다는 거요?

상인 2 당신도 알다시피 내가 두 귀로 똑똑히 들었지. 첫, 이런 몹쓸 놈이다 있다니! 정직한 사람들이 살고 있는 곳에 당신 같은 악당이 활개치고 다닌다는 건 참으로 유감스런 일이야.

시러큐스의 앤티포울러스 나를 함부로 비난하는 너야말로 진짜 악당이다. 나는 내 명예와 체면을 당장 너에게 증명해 보이겠어. 네가 감히 맞서겠다면 말이야.

상인 2 얼마든지 상대해 주겠어. 그래서 너를 악당으로 만들 테다.

두 사람이 칼을 빼든다. 이 때 에이드리에이너, 루시아너, 창녀, 그리고 다른 사람들이 등장한다.

에이드리에이너 칼을 멈추세요. 제발 저분을 해치지 마세요! 저분은 미쳤어요. 누군가 저분에게 달려들어서 칼을 빼앗아요. 드로우미오를 묶어요. 그리고 두 사람을 우리 집으로 데리고 가줘요.

시러큐스의 드로우미오 달아나세요. 주인님, 제발 달아나세요. 아무 집에라도 뛰어드세요. 이건 어느 수녀원이군요. 들어가세요. 그렇지 않으면 우린 신세를 망치고 말아요.

시러큐스의 앤티포울러스와 시러큐스의 드로우미오가 수녀원으로 피신한다. 수녀원장이 등장한다.

수녀원장 여러분, 조용히 하세요. 왜 이렇게 몰려왔나요?

에이드리에이너 가련하게도 미쳐버린 제 남편을 데리러 왔어요. 우리가 안에 들어가게 해주세요. 저분을 묶어 집에 데리고 가서 치료해야겠거든요.

앤젤로 *(상인 2에게)* 내가 보기에 저 사람은 온전한 제 정신이 아닌 것 같았어요.

수녀원장 역의 18세기 여배우
엘리자베스 인치볼드 Elisabeth Inchbald

상인 2 내가 그 사람을 향해 칼을 빼어 든 게 지금 생각하니 후회되는군요.

수녀원장 악마가 그분에게 들어온 지는 얼마나 오래 되었나요?

에이드리에이너 지난 일주일 내내 침울하고 못마땅한 기색이었어요. 그러니까 평소와는 전혀 다른 사람으로 보였어요. 하지만 극도로 발작하기 시작한 건 오늘 오후부터였어요.

수녀원장 그분은 해상에서 자기 배가 난파되어 엄청난 손해를 보지는 않았나요? 어느 절친한 친구가 죽어 매장하지는 않았나요? 아니면, 사련(邪戀)에 한눈을 팔아 마음이 딴 곳에 쏠린 건 아닌가요? 젊은이들은 함부로 한눈을 파는 죄를 흔히 저지르게 마련이거든요. 이 가운데 어느 것이 그분 고민의 원인인가요?

에이드리에이너 그 어느 것도 아니에요. 다만 맨 나중 것이 의심스럽긴 해요. 그러니까 그분이 가끔 집을 비우도록 만드는 어떤 여자가 있거든요.

수녀원장 그건 부인이 단속을 잘 하셨어야지요.

에이드리에이너 그야 물론 단속했지요.

수녀원장 하지만 단속이 미흡했던 모양이군요.

에이드리에이너 여자의 체면이 허락하는 대로 최대한 단속했다고요.

수녀원장 아마도 단둘이 있을 때 했겠지요.

에이드리에이너 아니에요. 많은 사람들 앞에서도 했어요.

수녀원장 그래도 미흡했던 모양이지요.

에이드리에이너 그건 우리 부부의 대화 화제였어요. 잠자리에 누워도 저는 그걸 시비하지 않고는 그분이 잠자게 내버려두지 않았어요. 식탁에 앉아도 저는 그걸 시비하지 않고는 그분이 식사하도록 내버려두지 않았어요. 단 둘이 있을 때 저는 반드시 그 얘기를 꺼냈고, 사람들이 있을 때에도 자주 그 얘기를 비쳤지요. 그런 짓은 야비하고 더럽다고 늘 비난했단 말이에요.

수녀원장 바로 그런 이유 때문에 당신 남편은 미쳤군요. 질투하는 여자의 독설은 미친개의 독니보다 더 치명적이거든요. 당신의 욕설 때문에 그분의 안면이 방해되고, 따라서 그분은 제정신을 차리지 못하게 되었지요. 당신은 그분의 음식에 욕설로 양념을 쳤다고 했는데, 마음 편하게 식사를 하지 않으면 소화가 안 되고, 그 결과 열화 같은 화증이 생기게 마련이지요. 그러면 이 화증이란 광증의 발작 이외에 뭐란 말인가요? 당신은 시비를 걸어 그분의 오락도 방해했다고 했는데, 마음의 위안이 없으면 냉혹하고 절망적인 자포자기와 이웃사촌인 심로와 우울증에 걸릴 수밖에 없다고요. 그 다음에는 생명의 적인 파리한 병마 떼가 밀려닥치고 말지요. 음식과 오락, 그리고 생명의 보호자라고 할 휴식이 방해되면, 인간이고 동물이고 미치게 마련이지요. 그러니까 결국 당신 질투의 발작이 남편의 정신기능을 망쳐버린 거라고요.

루시아너 형부가 횡포하고 난폭하고 포악할 때에도 언니는 그다지 심하게 나무라지 않았어요. 그런데 언니는 왜 저런 비난을 잠자코 듣고만 있는 건가요?

에이드리에이너 수녀원장님의 그런 말을 듣고 보니 나는 나 자신을 책망하고 싶어졌어. 여러분, 안으로 들어가서 그이를 잡아오세요.

수녀원장 안 돼요. 이 수녀원에는 그 누구도 들어가지 못해요.

에이드리에이너 그러면 당신의 하인들이 제 남편을 밖으로 데리고 나오도록 해주세요.

수녀원장 그것도 안 돼요. 그분이 이곳을 성역으로 삼아 피신한 이상 난 그분을 당신 손에 넘겨줄 수가 없어요. 내 힘으로 그분의 정신을 되돌려 놓을 수 있을는지 여부를 시험해보기 전에는 말이에요.

에이드리에이너 남편을 곁에서 돌보고 간호하고 병을 고쳐주는 건 제 임무라고요.

수녀원장 : 여자의 질투로 인해서 당신 남편은 미치게 되었군요.

아무도 저를 대리해서 이 일을 할 수 없어요. 그러니까 제가 그이를 집에 데리고 가도록 해주세요.

수녀원장 진정하세요. 나는 절대로 돌려보내지 않을 테니까요. 내가 상당히 효험을 보아 온 수단들, 즉 좋은 액체, 약, 그리고 거룩한 기도로 그분을 멀쩡한 사람으로 다시 되돌려놓을 작정이에요. 이건 나의 맹세의 일부분이자 우리 수녀회의 자선 의무거든요. 그러니까 그냥 돌아가세요. 그분은 여기 나에게 맡겨 두고 말이에요.

에이드리에이너 저는 남편을 여기 두고서는 돌아가지 않겠어요. 남편과 아내를 갈라놓는 건 성스러운 수녀인 당신에게 어울리지 않아요.

수녀원장 조용히 돌아가세요. 그분을 인도해 드릴 수는 없다고요. *(수녀원장이 안으로 들어가고 문을 닫아 버린다.)*

루시아너 언니, 이 부당한 처사에 관해 공작에게 호소하세요.

에이드리에이너 그래, 그럼 가자. 나는 공작님 발밑에 엎드린 채 절대로 일어나지 않을 테야. 그래서 나의 눈물과 간청으로 공작이 직접 이곳에 와서 수녀원장으로부터 강제로라도 내 남편을 빼앗도록 하고 말 테야.

상인 2 이럭저럭 다섯 시가 된 모양이군요. 머지않아 공작이 몸소 이곳을 거쳐 저 음산한 골짜기로 갈 시간이라고요. 이 수녀원의 도랑 뒤에 있는 죽음의 장소, 즉 사형장 말이에요.

앤젤로 도대체 무슨 일로?

상인 2 시러큐스 출신인 어느 늙은 상인의 공개적인 참수형을 확인하기 위해서지요. 그 노인은 이 고장의 법을 어기고 불행히도 이곳 항구에 입항했거든요.

앤젤로 사람들이 오는군요. 우리는 가서 처형을 구경합시다.

루시아너 공작이 수녀원을 지나가 버리기 전에 그분 앞에 가서 무릎을 꿇으세요.

에페소의 공작, 맨머리의 시러큐스의 상인 이지언, 사형집행인, 관리들이 등장한다.

공작 이제 다시 한 번 더 선포하라. 저 사람을 위해 일정한 몸값을 지불할 친구가 있다면 나는 사형을 취소할 아량은 지니고 있다고 말이야.

에이드리에이너 거룩하신 공작 전하, 정의를 베풀어 주세요. 저는 수녀원장을 고발하겠어요.

공작 이곳의 수녀원장은 덕망이 높고 존경받는 부인이다. 너에게 고발당할만한 잘못을 저지를 리가 없어.

에이드리에이너 죄송하지만 제 말을 들어보세요. 전하의 엄명에 따라 저 자신과 저의 전 재산의 주인으로 삼은 제 남편 앤티포울러스가 불행히도 오늘 무서운 광기의 발작을 일으켰다고요. 그리고 미친 듯이 거리를 뛰어 돌아다녔는데, 그이의 하인도 똑같이 미쳐서 두 사람은 시민들에게 심하게 행패를 부리지요. 남의 집에 마구 뛰어 들어가는가 하면, 반지며 보석이며 광증이 시키는 대로 무엇이든지 훔쳐

가거든요. 저는 일단 그이를 잡아서 결박한 다음 저희 집에 보내 놓고 나서는 그이의 광증이 이곳저곳에서 저질러 놓은 불법행위의 뒤치다꺼리를 하러 나와 있었지요. 그런데 무슨 기운으로 탈출했는지 모르겠지만, 그이는 곧 감시인의 손을 빠져 나와 미친 자기 하인과 둘이서 열화같이 격분하여 각각 칼을 빼든 채 우리를 다시 만나자 미친 듯이 쫓아왔어요. 우리는 일단 피한 뒤 사람들을 더 많이 불러다가 그들을 다시 붙들러 왔지요. 그러자 두 사람은 이 수녀원으로 피신해 버렸어요. 우리가 추격하니까 이곳 수녀원장이 대문을 잠근 채 우리가 그들을 붙들어 내지도 못하게 하고, 우리가 데리고 가겠다고 해도 내보내 주질 않아요. 그러니 덕망 높으신 공작 전하, 명령을 내리셔서 수녀원장이 그이를 내보내도록, 그래서 제가 그이를 집에 데리고 가서 간호하도록 해주세요.

공작 오래 전 일이지만 네 남편은 내가 치른 전쟁에서 공훈을 세웠지. 그래서 나는 군주로서 약속하기를 네가 그를 남편으로 삼는다면 내가 할 수 있는 최대한의 은혜와 배려를 그에게 베풀겠다고 한

거야. 이봐, 너희 가운데 누군가 가서 수녀원의 문을 두드리고 수녀원장에게 이리 나오라고 해라. 나는 이 일을 결말짓기 전에는 꼼짝도 하지 않을 작정이다.

에이드리에이너의 하인이 등장한다.

하인 안주인님, 아, 안주인님, 빨리 달아나서 목숨을 구하세요. 주인님과 그분의 하인이 모두 풀려난 다음 하녀들을 차례대로 때리는가 하면, 박사님을 결박하여 그분의 수염을 횃불로 지졌고, 수염에 불이 붙자 흙탕물을 물통으로 퍼서 끼얹어 불을 껐다고요. 또 주인님이 박사님에게 참고 있으라고 설교하는 동안에 하인은 그분의 머리카락을 가위로 싹둑싹둑 잘라서 어릿광대처럼 만들어 놓았지요. 안주인님이 곧 사람을 보내서 구출해내지 않으신다면 마법사 선생님은 두 사람 손에 죽고 말 거라고요.

에이드리에이너 입 닥쳐, 이 바보야. 네 주인님과 그분 하인은 여기 있어. 그러니까 너는 지금 허위보고를 하고 있어.

하인 안주인님, 제 얘긴 사실 그대로라고요. 저런 꼴을 본 뒤로 저는 숨도 거의 제대로 쉬지 못했어요. 주인님은 안주인님을 소리지르며 찾고 있어요. 그리고 안주인님이 자기 손에 걸리기만 하면 안주인님의 얼굴을 불로 그슬려서 병신 상을 만들어 버리겠다고 맹세한다고요. *(안에서 고함치는 소리가 난다.)* 들어보세요! 들어보시라고요! 저건 주인님이 고함치는 소리지요. 안주인님, 빨리 피하세요.

공작 자, 내 곁으로 와라. 두려워할 건 없어. *(시종들에게)* 창으로 방어하라.

에페소의 앤티포울러스와 에페소의 드로우미오가 등장한다.

에이드리에이너 저런! 제 남편이에요! 바로 저렇지요. 눈에 안 띄고 출몰한다고요! 이제 방금 수녀원으로 들어갔는데 벌써 여기 나와 있거든요. 인간의 이성으로는 도저히 이해가 되지 않아요.

에페소의 앤티포울러스 *(공작 앞에 무릎을 꿇으며)* 인자하신 공작 전하, 정의를 베풀어 주세요. 아, 저에게 정의를 베풀어 주세요! 저는 오래 전에 적진에서 각하를 위해 몸으로 적을 막고 깊은 상처를 입었지요. 그때 제가 잃은 피를 저의 공적으로 여기시고 저에게 정의를 베풀어 주세요.

이지언 처형의 공포 때문에 내가 망령들지 않았다면 저건 내 아들 앤티포울러스와 하인 드로우미오야.

에페소의 앤티포울러스 전하, 정의를 베풀어 주세요. 저는 저 여자를 고발하겠어요. 전하께서 제 아내로 정해 주신 저 여자는 더할 나위 없이 난폭하게 저에게 모욕과 창피를 주었거든요. 오늘 저 여자가 저에게 자행한 파렴치한 행위는 상상을 초월하는 거라고요.

공작 어떻게 된 일인지 말해 보라. 그러면 나는 공정한 판결을 내릴 거다.

에페소의 앤티포울러스 전하, 저 여자는 오늘 제가 집에 들어가지 못하게 대문을 걸어 잠근 채, 음탕한 놈들과 집안에서 잔치를 벌였지요.

공작 참으로 고약한 짓이군. 부인, 그런 짓을 했는가?

에이드리에이너 천만에요, 공작 전하. 저는 오늘 저이와 제 여동생과 함께 점심 식사를 했다고요. 만일 이것이 거짓말이라면 제 영혼이 벌을 받겠어요. 저이가 괜히 생떼를 쓰고 있다고요.

루시아너 언니의 말은 사실이에요. 사실이 아니라면 저는 낮에는 보지 않고 밤에는 잠을 자지 않겠어요.

앤젤로 아, 이 거짓말쟁이 여자들 같으니! 이 여자들은 둘 다 거짓 맹세를 하고 있어요. 이 일에 관해서는 미치광이의 주장이 옳아요.

에페소의 앤티포울러스 전하, 저는 충분히 자각하여 말씀드리고 있어요. 술기운에 제정신을 차리지 못하거나 격분해서 무분별하게 하는 얘기가 아니지요. 하기야 저보다 더 현명한 사람도 저런 모욕을 받으면 광란하고 말겠지요. 저 여자는 오늘 대문을 잠거 놓아 제가 점심 식사를 하러 안에 들어가지 못하게 했지요. 저 금은 세공인이 저 여자와 한패만 아니라면 증인이 되어 줄 테지요. 현장에 저와 함께 있었거든요. 그런데 저 사람은 저와 헤어져서 금목걸이를 가지고 제가 벨타잘과 함께 식사하고 있는 호저 여관에 오기로 약속했지요. 우리가 식사를 마친 뒤에도 저 사람은 오지 않았고, 저는 저 사람을 찾으러 나갔다가 마침 큰길에서 만났지요. 저 상인도 거기 같이 있

앤티포울러스 : 그들은 돌팔이를 데려왔다.
_ 17세기 돌팔이 판화

었지요. 그러자 저 거짓말쟁이 금은 세공인은 제가 전혀 본 적도 없는 물건을 오늘 저에게 주었다고 생떼를 썼지요. 그러고는 감옥 교도관을 불러다가 저를 체포하게 했지요. 저는 교도관에게 복종했고, 제 하인을 집으로 보내 돈을 가져오게 했지요. 그런데 제 하인이 빈손으로 돌아와서 저는 교도관에게 잘 말해서 우리 집까지 동행하기로 했지요. 그러다가 도중에 제 아내와 처제와 그 일당인 악당 패거리를 만났지요. 그들은 핀취라고 하는, 굶주리고 말라빠진 악당과 같이 오고 있었지요. 이 작자는 고작해야 해부 재료나 되겠지요. 돌팔이 의사, 닳아빠진 요술쟁이, 점쟁이 놈인가 하면, 찢어지게 가난해서 눈은 움푹 들어가고 처참한 눈초리를 하고 있는 산송장이지요. 이 지독한 놈이 마술사라고 자칭하면서 내 눈을 들여다보고 맥을 짚어 보는 등, 그 낯짝 같지도 않은 낯짝으로 제 얼굴에 창피를 주면서 제가 귀신에 들렸다고 떠들어댔지요. 그러자 그 패거리가 모조리 달려들어 저를 결박한 다음, 우리 집으로 끌고 가서 캄캄하고 몹시 습기 찬 지하실에 제 하인과 함께 결박한 채 처넣었지요. 그래서 저는 이빨로 밧줄을 끊어서 자유를 찾고, 즉시 이렇게 전하 앞으로 달려온 거라고요. 이토록 지독한 치욕, 이토록 엄청난 불법에 대해 제발 충분히 보상받게 해주세요.

앤젤로 공작 전하, 저분이 자기 집에서 식사하지 않았으며 대문이 잠긴 채였다는 건 제가 증인이 되겠어요.

공작 그러면 금목걸이는 저 사람에게 주었는가? 주지 않았는가?

앤젤로 주었지요. 아까 이곳으로 달려왔을 때, 저분이 그 금목걸이를 목에 걸고 있는 걸 모두 목격했거든요.

상인 2 *(에페소의 앤티포울러스에게)* 그뿐만 아니라, 맹세하지만, 당신이 저 사람에게서 그 금목걸이를 받았다고 말하는 소리를 확실히

남자를 홀리는 키르케

내 귀로 들었지요. 그 후 당신은 시장에서 자기 말을 부정했지요. 그렇기 때문에 나는 당신에게 칼을 빼들었던 거요. 그러자 당신은 이 수녀원으로 피신했지요. 그런데 어떻게 빠져 나왔는지 기적 같기만 하다고요.

에페소의 앤티포울러스 나는 이 수녀원의 담장 안에 들어간 적이 없어요. 당신이 나에게 칼을 빼든 일도 없었고, 하늘에 걸고 맹세하지만, 나는 금목걸이도 본 적이 없단 말이오. 괜히 생떼를 쓰지 말아요.

공작 아니, 이토록 복잡한 소송이 또 있겠는가? 내가 보기에 너희들은 모조리 마녀 키르케 Circe의 술을 마신 거라고. 너희가 저 사람을 이 수녀원에 몰아넣었다면, 저 사람은 수녀원 안에 있을 테고, 저 사람이 미쳤다면 저렇게 차분하게 변명할 리도 없어. 부인은 저 사람과 함께 집에서 식사했다고 말하고, 금은 세공인은 그렇지 않다고 부정하는군. *(에페소의 드로우미오에게)* 이봐, 네 얘기를 들어보자.

이지언과 이밀리어 _ W. 해밀턴 작

에페소의 드로우미오	예, 주인님은 저기 있는 저 여자와 함께 호저 여관에게 식사하셨어요.
창녀	그건 사실이에요. 저 사람은 제 손가락에서 반지를 빼앗아 갔어요.
에페소의 앤티포울러스	전하, 그건 사실이지요. 저는 이 여자에게서 반지를 받았지요.
공작	이 사람이 이 수녀원으로 들어가는 걸 보았는가?
창녀	예, 전하. 제가 지금 전하를 보고 있는 거와 마찬가지로 확실히 봤어요.
공작	아니, 이건 참으로 이상하구나. 가서 수녀원장을 불러와라. 너희들은 모두 눈이 멀었거나 완전히 미쳐버린 거야.

시종 한 명이 수녀원으로 들어간다.

이지언 　공작 전하, 제가 한 말씀 드리도록 허락해 주세요. 몸값을 치르고 제 목숨을 구해 줄 친구가 우연히 나타난 것 같거든요.

공작 　시러큐스의 상인은 뭐든지 자기 생각대로 말해 보라.

이지언 　네 이름은 앤티포울러스가 아닌가? 그리고 저 하인의 이름은 드로우미오가 아닌가?

에페소의 드로우미오 　조금 전까지만 해도 저는 결박된 하인이었지요. 그러나 고맙게도 주인님이 밧줄을 이빨로 끊어 준 덕분에 지금은 자유스러운 하인이지요. 제 이름은 드로우미오고요.

이지언 　너희는 두 사람 모두가 분명히 나를 기억하고 있을 거야.

에페소의 드로우미오 　당신을 보니 우리 자신들의 일이 기억나는군요. 조금 전까지 우린 당신처럼 묶여 있었으니까요. 당신은 핀취의 환자지요. 안 그래요?

이지언 　너희는 왜 나를 몰라보는 거지? 나를 잘 알고 있으면서 말이야.

에페소의 앤티포울러스 　나는 평생 지금까지 당신을 본 적이 없어요.

이지언 　아, 마지막으로 너와 헤어진 이후로 비탄은 나를 딴 사람같이 만들어 놓았고, 근심 걱정의 세월은 시간의 불구의 손으로 내 얼굴을 추악하게 다시 그려 놓았어. 하지만 이봐, 내 음성도 못 알아보겠나?

에페소의 앤티포울러스 　그럼요. 전혀 생소하지요.

이지언 　드로우미오, 너도 그러냐?

에페소의 드로우미오 　그럼요. 제게도 전혀 생소해요.

이지언 　넌 그럴 리가 없어!

에페소의 드로우미오 　천만에요. 분명히 저는 당신을 몰라요. 게다가 당사자가 몰라보겠다고 말한다면, 이제 당신은 그의 말을 믿어야만 한다고요.

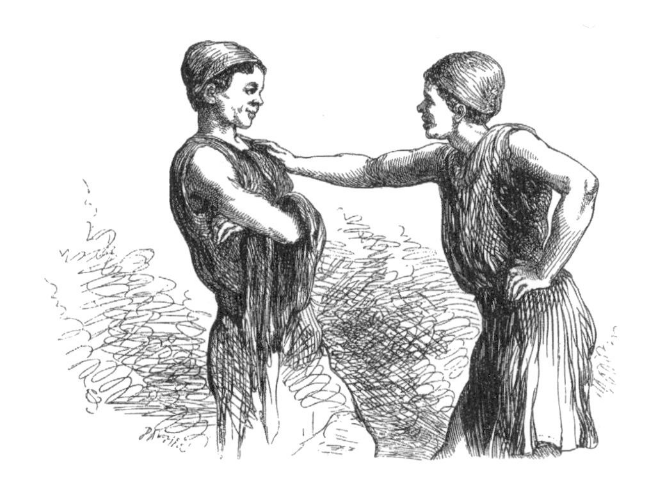

이지언 내 음성도 알아보지 못한다고? 아, 극도로 가혹한 세월이여, 너는 고작 7년 사이에 나의 가련한 혀가 터지고 갈라지게 만들어서 여기 단 하나인 내 아들마저 근심 걱정에 장단이 맞지 않는, 나의 힘없는 음성을 알아보지 못한단 말인가? 이제 비록 주름진 내 얼굴이 생명을 시들게 하는 엄동의 눈에 덮여 있고 내 몸의 혈관이 모두 얼어붙어 있다 해도, 내 인생의 밤에는 아직 약간의 기억이 남아 있어. 그리고 거의 다 타 가는 내 등불에도 희미한 빛은 남아 있으며, 잘 들리지 않는 내 귀도 다소는 쓸모가 있지. 단언하지만, 과거를 알아보는 증인들은 네가 내 아들 앤티포울러스라고 말해줄 거라고.

에페소의 앤티포울러스 저는 평생 동안 아버지를 본 적이 없어요.

이지언 그러나 7년 전에 시러큐스에서 너는 나하고 분명히 헤어졌어. 어쩌면 넌 나의 이런 비참한 꼴이 창피해서 나를 아버지로 인정하지 않으려는지도 몰라.

에페소의 앤티포울러스 공작 전하를 비롯하여 저를 아는 이 시도의 모든 사람들은 사실이 그렇지 않다고 증언할 수 있어요. 저는 평생 동안 시러큐스에 가

본 적이 없다고요.

공작 이봐, 시러큐스의 상인, 나는 지난 20년 동안 앤티포울러스를 보호해 왔소. 내가 알기로는 그 동안에 그는 시러큐스에 간 적이 없지. 아마 당신은 노령과 처형의 위험 때문에 망령이 든 모양이야.

수녀원장이 시러큐스의 앤티포울러스와 시러큐스의 드로우미오를 데리고 등장한다.

수녀원장 공작 전하, 이분은 엄청난 모욕을 당했다고요.

에이드리에이너 : 내 남편이 둘이라니!

모두 모여들어서 그들을 바라본다.

에이드리에이너 내 남편이 둘이라니! 아니면, 내 눈이 잘못 보았을 테지.

공작 이들 가운데 한 쪽은 다른 쪽의 수호신인 모양이군. 하인들도 그렇고. 도대체 어느 쪽이 진짜 인간이고 어느 쪽이 정령이지? 그걸 분간해 낼 사람은 없느냐?

시러큐스의 드로우미오 제가 드로우미오예요. 저놈을 몰아내 주세요.

에페소의 드로우미오 제가 드로우미오라고요. 제발 저를 여기 머물러 있게 해주세요.

시러큐스의 앤티포울러스 *(이지언을 알아보고)* 아, 당신은 제 아버님이 아니세요? 그렇지 않다면 아버님의 유령인가요?

시러큐스의 드로우미오 아, 저의 옛 주인님, 누가 주인님을 이렇게 묶어 놓았지요?

수녀원장 어느 누가 묶어 놓았든지, 제가 밧줄을 풀어서 남편을 자유의 몸으로 만들겠어요. 이지언 노인, 당신에게 이밀리어라는 아내가 있어서 쌍둥이 아들을 낳은 적이 있다면, 그리고 당신이 바로 그 이지언이라면, 지금 당신 앞에 서 있는 바로 이 이밀리어에게 말해 보세요.

공작 아니, 저 노인이 오늘 아침에 한 얘기의 앞뒤가 이제 들어맞기 시작하네. 쌍둥이 앤티포울러스가 서로 닮았고, 쌍둥이 드로우미오도 서로 비슷하다고 했지. 게다가 수녀원장이 난파당했던 얘기도 그렇고, 이 두 사람이 저 자녀들의 부모로군. 일가족이 우연히 상봉하게 된 거야.

이지언 이게 꿈이 아니라면 당신은 이밀리어가 맞네. 당신이 이밀리어라면 말해 봐요. 저 운명의 돛대에 실려 당신과 함께 표류한 그 아들은 어디 있는 거요?

수녀원장 저와 그 애, 그리고 쌍둥이의 한 쪽인 드리우미오는 모두 함께 에피댐너 사람들에게 구조되었지만, 곧 코린토의 난폭한 어부들이 드로우미오와 제 아들을 빼앗아 갔고, 저만 에피댐넘 사람들과 함께 처지게 되었어요. 그 후 그 애들이 어떻게 되었는지는 저도 알

도리가 없어요. 저는 지금 보시는 바와 같은 신세가 되었지요.

공작 앤티포울러스, 너는 처음에 코린토에서 왔다고 했지.

시러큐스의 앤티포울러스 천만에요. 저는 시러큐스에서 왔다고요.

공작 가만 있어. 좀 떨어져 있으라고. 난 너희를 누가 누군지 분간할 수 없구나.

에페소의 앤티포울러스 전하, 제가 코린토에서 왔어요.

에페소의 드로우미오 그리고 저도 같이 왔지요.

에페소의 앤티포울러스 전하의 가장 저명한 숙부이자 무사이신 메나폰 Menaphon 공작 전하를 수행하여 저는 이 도시에 왔지요.

에이드리에이너 오늘 저하고 식사하신 건 두 분 가운데 어느 쪽인가요?

시러큐스의 앤티포울러스 부인, 제가 함께 식사했지요.

에이드리에이너 그럼 당신은 제 남편이 아니었군요?

에페소의 앤티포울러스 그야 물론 아니지. 아니란 말이야.

시러큐스의 앤티포울러스 물론 아니지요. 그래도 이 부인은 저를 남편이라고 불렀지요. 그리고 부인의 여동생인 저 아름다운 여인도 저를 형부라고 불렀다고요. *(루시아너에게)* 제가 그때 당신에게 한 말은 장차 실증해 보여 드리겠어요. 지금 내가 보고 듣는 것이 꿈이 아니라면 말이에요.

앤젤로 *(금목걸이를 가리키며)* 그 금목걸이는 저에게서 받은 거지요?

시러큐스의 앤티포울러스 아마 그런 것 같아요. 저는 부정하지 않아요.

에페소의 앤티포울러스 *(앤젤로에게)* 그런데 당신은 저 금목걸이 때문에 나를 구속하게 했군요.

앤젤로 아마 그런 것 같아요. 저는 부정하지 않아요.

에이드리에이너 *(에페소의 앤티포울러스에게)* 저는 보석금으로 돈을 드로우미오 인편에 보냈는데, 드로우미오는 가지고 가지 않은 모양이군요.

에페소의 드로우미오 그럼요. 저는 절대로 가지고 가지 않았어요.

수녀원장 : 이곳에 모인 여러분, 새로운 출생의 축하 잔치를 함께 기뻐해 주세요.

시러큐스의 앤티포울러스 이 돈주머니는 내가 받았지요. 내 하인 드로우미오가 갖다 주더군요. 알고 보니 우린 각각 다른 쪽의 하인을 만났는데 그것을 나는 오인하고, 하인도 나를 오인하고, 그래서 이런 착오가 일어난 것이군요.

에페소의 앤티포울러스 이 돈을 저의 부친의 몸값으로 내겠어요.

공작 그럴 필요는 없다. 나는 네 부친의 사형을 면제해 주겠다.

창녀 *(에페소의 앤티포울러스에게)* 이봐요, 내 다이아몬드 반지를 돌려주세요.

에페소의 앤티포울러스 자, 받아요. 아까 그 식사는 참으로 감사했습니다.

수녀원장 고명하신 공작 전하, 황송하지만 저희들과 함께 이 수녀원에 들어가셔서 저희들의 신세 이야기를 좀 더 자세히 들어 주세요. 그리고 이곳에 모인 여러분, 오늘 하루의 착오 사태로 똑같이 욕을 보신 여러분, 자, 모두 들어오세요. 충분히 보상을 해 드리겠어요. 아들들아, 나는 지금까지 33년 동안 너희를 위해 진통을 겪고 있는 심정이었는데, 이제 겨우 해산을 한 것만 같구나. 공작 전하, 나의 남편, 두 아들, 그리고 내 아들들과 생년월일이 같은 두 하인들아, 자, 새로운 출생의 축하 잔치로, 기나긴 슬픔 뒤에 맞이한 행복을 나와 함께 기쁨을 누리세요.

공작 새로운 출생의 그 축하 잔치에 나는 기꺼이 참석하겠소.

드로우미오와 앤티포울러스 형제들만 남고 모두 퇴장한다.

시러큐스의 드로우미오 *(에페소의 앤티포울러스에게)* 주인님, 짐을 배에서 내려 가져올까요?

에페소의 앤티포울러스 드로우미오, 도대체 무슨 짐을 배에 다 실어 놓았다는 거냐?

시러큐스의 드로우미오 주인님이 반인반마 여관 주인에게 맡겨 두었던 짐 말이에요.

시러큐스의 앤티포울러스 저 놈은 나에게 말하고 있군. 드로우미오, 네 주인은 나야. 자, 같이 들어가자. 그 일은 나중에 곧 처리하지. 너도 형제를 부둥켜안고 같이 기뻐해라. *(앤티포울러스 형제가 어깨동무 한 채 퇴장한다.)*

시러큐스의 드로우미오 네 주인의 집에 뚱뚱한 여자가 있더군. 오늘 점심 식사 때 나를 너로 잘못 알고 후하게 대접해 주었지. 알고 보니 내 마누라가 아니라 내 형제의 마누라가 될 거라고.

에페소의 드로우미오 너는 나의 형제가 아니라 내 거울이야. 너를 미루어 보아 나도 대단한 미남일 테지. 그럼 축하 잔치를 구경하러 들어가 보지 않겠어?

시러큐스의 드로우미오 아니, 네가 앞장 서. 네가 연장자니까.

에페소의 드로우미오 그건 문제잖아. 우린 그걸 어떻게 정하지?

시러큐스의 드로우미오 제비를 뽑아 정하자. 그때까지는 네가 연장자라고.

두 명의 드로미오가 만나다. _ A. S. 보이드 작

에페소의 드로우미오 그럼 이렇게 하자. 우린 쌍둥이로 세상에 태어났으니까 앞서거니 뒤서거니 하지 않은 채 이렇게 서로 손을 잡고 나란히 들어가자.

(둘이 손을 잡고 나란히 들어간다.)

셰익스피어 인물 소개

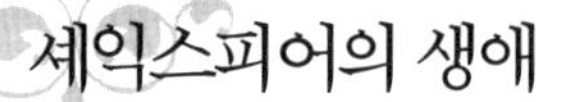

셰익스피어의 생애

우리가 알고 있는 셰익스피어의 생애는 그의 작품 세계와도 일치한다. 현실적 사고방식에 근거한 그의 천재적인 상상은 낭만적인 환상보다 월등히 높은 차원을 날고 있다. 일리저베드 시대의 전기관(傳記觀)으로 보든지, 또는 당시 극작가의 미천한 사회적 위치라는 점에서 보든지, 셰익스피어는 비교적 놀라울 만큼 풍부한 전기의 자료를 남겨두고 있다. 첫째 교회나 관공서, 궁정 등에 남아 있는 기록, 둘째 동시대인들이 셰익스피어에 대해서 언급한 기록, 셋째 지금까지 전해져 내려온 전설 등이다. 하지만 무엇보다도 그의 작품이 가장 주요한 자료가 될 것이다. 이것은 다른 작가들의 경우처럼 작품 안에 자서전적인 요소가 들어있다는 뜻이 아니라, 그의 작품 전체를 일관하여 흐르고 있는 셰익스피어의 정신. 또는 그의 내면적인 상(橡)을 작품에서 가장 잘 나타내고 있다는 뜻이다.

유년시대

윌리엄 셰익스피어는 1564년 4월 26일 스트래트퍼드 온에이븐 교회에서 세례를 받았다. 당시 세례에 얽힌 사항들로 미루어 볼 때 그의 탄생 날짜는 23일로 추측되고 있다. 그의 죽음 날짜 또한 공교롭게도 1616년 4월 23일이었다. 그의 아버지 존 셰익스피어는 다른 고장에서 이사를 와서 이 고장에서 잡화상, 푸주, 양모상 등을 경영하여 부유해졌다. 사회적 지위도 시의 재무관과 시장까지 지낸 바 있었다. 그의 아버지는 부(富)와 출세를 겸한 인물로, 슬하에 자녀를 여덟 명이나 두었다. 그 셋째가 윌리엄 셰익스피어이다. 그의 교육과정은 고장 그래머 스쿨을 채 끝마치지 못한 채 오학년 과정에서 중퇴했다고 추측하고 있다. 셰익스피어가 그래머 스쿨조차 모두 마치지 못한 이유는 집안 형편이 어려워 진 탓으로 본다. 시인 벤 존슨은 후일 셰익스피어를 가리켜 '라틴어를 겨우 조금 알고, 그리스어는 거의 모르는 사람' 이라고 평한 바 있다. 그러나 셰익스피어는 문법학교에서 익힌 라틴어를 토대로, 라틴 고전들을 충분히 읽어 낼 만큼 총명하고 민첩한 두뇌의 소유자였다.

셰익스피어의 아버지 존은 시장 시절에 서명(署名)을 클로버 잎으로 대신했다고 한다. 그것은 그가 무학(無學)이었던 탓이라고 보는 학자들도 있지만, 아무튼 그의 경력은 여러 가지로 드라마틱하다. 그의 가문의 쇠퇴는 당시 국내의 격동하는 정치 정세 때문일 것이라는 설이 있다. 존은 경건한 가톨릭 신자였다. 그러던 것이 헨리 8세가 성공회(聖公會)를 내세워 종교개혁을 하는 바람에 가톨릭교도는 타격을 받지 않을 수 없게 되었다. 아마 가정의 이러한 몰락에 자극받아 출세를 위해 셰익스피어는 런던으로 상경했을지도 모른다. 이러한 이유로 부모의 신앙과 관련하여 셰익스피어 개인의 신앙은 과연 가톨릭이었겠느냐, 신교이었겠느냐, 무신론자였겠느냐 하는 논쟁이 자연히 열을 띠게 되었다.

이 고장에는 대학에 진학한 자제들이며 대학 출신의 지식인들도 상당수 있었다. 셰익스피어는 문법학교를 중퇴하게 되자, 어느 변호사의 법률 사무소 서기로 취직했다고 보는 견해가 있다. 머리가 명석한 셰익스피어는 아마 이 서기 시절에 법률 서적을 맹렬히 읽었을 것이다. 예민한 관찰력과 정확한 판단력을 가지고 그는 인위적인 법률의 부조리를 간파했을는지도 모른다. 후일 그의 사극이나 비극에서 전개되는 권력 투쟁의 세계는 이미 이 무렵부터 어렴풋이 그의 뇌리에 어른거렸을는지도 모른다. 《헨리 6세》 제2부에서 재크 케이드 일당의 폭도들은 "법률가를 죽여 버려라!" 고 외친다. 이 시골 도시의 장서를 가지고는 셰익스피어의 독서열은 도저히 충족될 수 없는 일이었겠지만, 그래도 그는 《성서》, 홀린셰드의 《사기(史記)》, 《오비드》 등의 라틴 고전 문학에 접할 수 있었을 것이다. 셰익스피어는 한 번 읽은 것은 차곡차곡 뇌리에 축적해 두었다가 필요할 때는 누에가 실을 뽑아내듯이 독서에서 얻은 지식을 언제든지 재생해낼 수 있는 비상한 머리를 가진 사람이었다.

결혼생활

셰익스피어는 1582년 11월 28일 스트래트퍼드의 서쪽 약 1마일 지점에 있는 쇼터리 마을의 지체 있는 한 부농(富農)의 딸인 앤 해서웨이와 결혼했다. 그때 그는 열여덟 살, 신부는 여덟 살 위인 스물여섯이었다. 결혼한 지 5개월 후인 1583년 5월 23일에 큰딸 스잔나가 태어났고, 1585년 2월에는 쌍둥이가 태어났다. 장남 함네트와 둘째 딸 주디스다. 셰익스피어의 결혼생활에 대한 기록은 여기서 일단 중단되어 있다. 셰익스피어의 결혼에 대해서는 논쟁이 분분하지만 이들 부부의 결혼생활은 부자연스럽기보다도 자연스러운 듯싶다. 대개 젊은 청년이 연상의 여성을 사랑할 때 불행으로 끝나게 마련이지만 이 결혼은 성

취되었다. 로미오와 줄리엣의 경우처럼 풋내기 젊은 남녀의 불꽃이나 유성같이 눈 깜박할 사이에 사라져 버리고 마는 사랑이 오히려 부자연스러운지도 모른다. 로미오와 줄리엣의 사랑은 셰익스피어와 앤과의 현실적인 사랑의 역설인지도 모른다. 대개 남성은 그 심층 심리에 모성에 대한 영원한 동경을 간직하고 있다고 한다. 햄릿의 경우가 아마 그러하다 하겠다. 예술적인 천재를 지닌 셰익스피어는 이 본능에 있어서 또한 남달리 강렬했음을 보여 주고 있다. 셰익스피어의 결혼생활이 불행했으리라고 논증하는 학자들이 더러 있지만, 반드시 그렇지만은 않았을 것이다.

그후 1592년, 당시의 대(大)극작가 로버트 그린이 한 푼 없이 비참하게 여인숙에서 죽어 가면서 동료에게 보낸 서한에 다음과 같은 구절이 있다. '우리의 깃으로 단장을 한 한 마리의 까마귀 새끼가 벼락출세를 해가지고, 당신네들 누구에 못지않게 무운시(無韻詩)를 잘할 수 있다고 망상하고 있다. 그뿐 아니라 그자는 온통 자기만이 천하를 셰익 신(振動 shake-scene)케 하고 있는 듯 몽상하고 있다.' 이 구절 중 천하를 진동시킨다는 뜻으로 쓰여진 셰익 신은 셰익스피어의 이름자와 관련된 풍자인 것으로 해석되고 있다. 이 글은 갑자기 런던에 혜성같이 나타나서 연극계를 주름잡기 시작한 초기 셰익스피어의 모습이 엿보이지만, 그는 이렇듯 런던에서 비우호적으로 받아들여졌던 것이다.

그러면 고향에서 기록이 중단된 후, 그린의 이 서한이 나오기까지 약 7년간 그는 대체 어디서 무엇을 했을까? 여기서는 각가지 전설적인 얘기며 추측 등이 전해져 내려오고 있다. 스트래트퍼드의 귀족 루시 경의 숲에서 밀렵(密獵)한 죄로 벌을 받자 셰익스피어는 루시 경을 풍자하는 시구의 방(榜)을 내 붙였다가 끝내는 고향에 있지 못하게 되었다든가, 잠시 이웃 마을의 어느 귀족의 집에서 가정교사를 했을 것이라든가, 이 고장에 찾아온 순회공연 극단을 따라 런던으로 상경했으리라든가….

런던의 연극계에 발을 들여 놓은 셰익스피어는 직책의 선택 여부가 있을 수 없었다. 그는 우선 〈레스터 백작 소속 극단〉에 취직하여 처음에는 관객이 타고 온 말을 보관하는 말지기 역할을 맡아 보았다.《맥베드》에서 밤중 문지기의 훌륭한 대사는 이 시절의 생생한 체험이었는지도 모른다. 그러나 이 무렵 그는 직책은 비록 말지기였으나 극단의 일원으로 가끔 극에 관여할 기회가 있었다. 그는 그런 기회를 잘 이용하여 재능을 인정받아 배우로 등용되었다. 그러나 배우로서의 셰익스피어는 그리 뛰어나지 못했던 것 같다. 후일에도《햄릿》의 유령 역이나《뜻대로 하세요》의 애덤 노인 역 등 단역으로 출연했다고 전해진다.

셰익스피어는 극단 전속 작가가 되었다. 당시 극단 전속 작가란 대개 타인의 인기 있는 작품을 개작이나 하는 직책이었다. 일종의 표절이었다. 그러나 당시에는 표절판이 가능할 정도로 판권이 보장되어 있지 않았기 때문에, 타인의 작품을 아무런 구애도 없이 어떠한 형태로든지 개작할 수 있었다.

런던에 상경한 셰익스피어는 〈레스터 백작 소속 극단〉에 발을 들여놓은 후로 이윽고 〈스트레인지 남작 소속 극단〉, 〈궁내 대신 소속 극단〉, 〈국왕 소속 극단〉 등의 일원으로 '극장(劇場 The Theatre)' 에서 활동하게 된다. 극장은 런던 시 외곽 북쪽 변두리에 1576년에 세워진 건물이다. 셰익스피어가 소속한 극단은 1599년부터 런던 시의 남쪽 템즈강 건너에 세워진 〈글로브 극장〉에서 활동하게 된다.

그린의 비우호적인 1592년의 기록과는 달리, 1598년 프랜시스 미어즈라는 젊은 학자는《지식의 보고(寶庫)》라는 책자에서 셰익스피어의 몇몇 극을 관람한 사실을 들어 격찬을 아끼지 않고 있다. 그가 관람했다는 극 중에는 다음 작품들이 열거되어 있다.《베로나의 두 신사》,《착오 희극》,《사랑의 헛수고》,《사랑의 수고 보람(이것은 셰익스피어의 어느 극을 두고 말한 것인지 알 수 없다)》,《한

여름 밤의 꿈》,《베니스의 상인》,《리처드 2세》,《리처드 3세》,《헨리 4세》,《존 왕》,《타이터스 앤드로니커스》,《로미오와 줄리엣》 등. 이 기록으로 보아 셰익스피어는 초기에 이미 사극, 희극, 비극에 모조리 손을 댄 것이 된다.

그가 최초로 제작한 사극《헨리 6세》제 1, 2, 3부(1590~1592)와《리처드 3세》(1592~1593), 이 네 편의 사극은 하나의 체계를 이루고, 왕권을 에워싼 귀족들의 갈등에 의한 질서와 무질서의 대립이 빚어내는 국가의 혼란과 불안, 권불십년(權不十年), 인과응보 등의 외적인 양상이 추구되고 있다. 이 시기의 단 한 편의 비극인《타이터스 앤드로니커스》(1593~1594)는 당시 유행이던 유혈 복수의 비극에 있어서도 토머스 키드와 같은 선배 극작가의 '스페인 비극'을 능가하고 있음을 실증해 주고 있다.

이 습작기에 셰익스피어는 희극에 있어서도 솜씨를 발휘하기 시작했다.《착오 희극》(1592~1593)을 비롯하여《말괄량이 길들이기》(1593~1594),《베로나의 두 신사》(1594~1595),《사랑의 헛수고》(1594~1595) 등이 그것들이다. 이 초기 희극들은 현실 세계와 낭만 세계를 차례로 전개시켜 본 희극들이다. 이 두 개의 세계는 교체성장(交替成長)하여 다음 시기의《한여름 밤의 꿈》(1595~1596)을 계기로 완전히 융합되어, 제 2기의 로맨틱 코미디(浪漫喜劇)라는 새로운 희극이 탄생하게 된다.

이 무렵 또한 그는 장편의 이야기 시《비너스와 아도니스》(1593년 출판)와《루크리스의 능욕》(1594년 출판)을 이미 친밀히 교제하게 된 유력한 귀족 청년 사우샘프턴 백작에게 바친 바 있다. 그의《소네프 집(集)》또한 이 무렵에 쓰여 진 듯하다. 그의 습작기는 동갑인 말로 Marlowe의 영향을 받았다. 그러나 그의 희극들의 탄생으로 그는 이미 말로의 영역을 초월하게 되었다. 만인(萬人)의 마음을 가진 셰익스피어는 고귀한 정신의 상승과 몰락의 묘사에 그치지 않았으며, 컴컴한 고독이나 비극만을 추구하지도 않았다. 그는 인생의 즐거운 면에도 주목했다. 초기의 희극들은 벌써 인생의 밝은 면, 즐거운 면에 눈길

을 돌린 증거이다.

셰익스피어의 습작기가 끝날 무렵에 그의 선배 작가이자 경쟁 작가들인 '대학재파(大學才派)' 의 극작가들은 그린(1592년)이나 키드(1594년) 같이 빈곤 속에 비참하게 세상을 떠나거나 또는 말로(1593년) 같이 정치 음모로 암살되는 등, 그 밖의 대학재파들도 모두 비참하게 연극계를 떠나게 되었다. 오늘 날 문학사에 남은 대학재파들은 7~8명밖에 안되지만, 당시 실제 활동한 대학재파들은 20명 전후가 되지 않았나 싶다. 그들은 모두 셰익스피어에게 호의를 갖지 않은 경쟁 작가들이다. 그것은 셰익스피어가 굉장히 많은 수나 양을 나타내는 것의 이미지로 20(Twenty)을 사용하고 있는데, 이 20이란 숫자의 이미지는 그의 전 작품을 통해 150회나 사용되고 있다. 이와 같은 이미지는 그의 20명의 경쟁 작가가 무한히 많은 숫자로 여겨진 데서 온 것인지도 모른다.

발전기

셰익스피어는 제 2기에 접어들면서 그의 집념이었던 비극을 시도하였다. 그의 최대 관심인 사랑을 주제로 한《로미오와 줄리엣》(1594~1595)이 그것이다. 그러나 이 극은 아직 그의 역량을 가지고는 성격 창조에까지 미치지는 못하고 그 아름다운 서정성에도 불구하고 한낱 운명 비극으로 그친다. 그의 이 시기는 사극의 체계가 매듭지어지고, 로맨틱 코미디가 완성된 시기이기도 하다.

이와 같은 보람찬 작품 제작과 더불어 그의 주변 또한 활발한 양상을 보여 준다. 기록에 의하면, 당시 런던에서는 매년 되풀이되다시피 여름철에는 전염병이 창궐했다고 한다. 당시 런던은 인구 20만 내외의 도시였는데, 그런 전염병이 한 번 휩쓰는 날이면 인구의 십 분의 일이 죽어 없어질 정도로 전염병은 위세를 떨쳤다고 한다. 전염병이 창궐하면, 그렇잖아도 우범지대로 여겨지던 극장이었으니까, 극장은 폐쇄되고 극단은 지방 순회공연에 나섰다. 우리는《햄릿》에서 그런 지방 순회 극단의 경우를 볼 수 있다. 셰익스피어가 소속한 극단은 비교적 큰 극단이었기 때문에 전속 극작가인 셰익스피어는 지방 순회에 동행하지 않고 전염병을 피하여 고향에 돌아가 있었으리라고 생각된다.

셰익스피어가 발전기인 제 2기에 사극의 체계를 매듭짓고 낭만 희극을 완성했음은 앞에서 밝힌 바와 같다.《리처드 2세》(1595~1596),《헨리 4세》 제 1, 2부(1597~1598),《헨리 5세》(1598~1599), 이 네 편의 사극은 셰익스피어의 이른바 제 2군(群)의 사극으로 제 1군의 사극과 마찬가지로 질서와 무질서의 대결이 전개된다. 제 1군의 사극에서 벌어지는 장미 전쟁의 치욕적인 역사의 원인으로 파악되고 있다.

군왕의 자질이 결여된 리처드 2세는 권모 술수가이자 기회주의자인 그의 사촌 헨리 볼링블루크에 의해 왕위를 찬탈 당한다. 헨리 볼링브루크는 왕위를 찬탈하여 헨리 4세가 된다. 헨리 4세는 왕위를 불법적으로 탈권한 죄의식에 일생을 두고 정신적으로 시달림을 받으며 내란은 끊이지 않는다. 그의 아들 헨리 5세는 내란을 수습하고 프랑스로 출정하여 애진코트의 대승리로 국위를 선양한다. 그러나 그는 요절하고 만다. 그의 아들 헨리 6세가 기저귀를 찬 갓난아이로 등극한다. 헨리 6세 시대에 장미 전쟁이 벌어져서 국가는 아비규환의 수라장으로 변하고 삼십여 년간 국민은 지옥의 고통에 시달린다.

이와 같은 혼란과 혼돈은 제 2군의 사극에서 헨리 4세가 리처드 2세의 정당한 왕권을 불법적으로 찬탈한 데에 기인한 것이라는 인과응보의 인식인 것이다. 제 1군의 사극과 제 2군의 사극을 통하여, 셰익스피어는 무질서의 이면에 영원한 질서와 평화의 존재를 깊이 인식하고 있는 것이다. 우리는 셰익스피어를 르네상스적 낭만 정신의 기수로 알고 있다. 그러나 한편 그는 그의 사극에서 보여 주고 있다시피 중세기의 전통적인 질서 개념을 그의 정신 밑바닥에 가지고 있었다. 이것 역시 그의 이중 영상, 이원성이라고 하겠다. 이 시기의《존 왕》

(1596)은 8편의 사극과 커다란 질서 체계와는 무관한 고립된 사극이다.

이 시기에 꿈의 세계와 현실을 비로소 완전히 융합시킨 낭만 희극들이 쏟아져 나오게 되는데, 그 첫 낭만 희극《한 여름 밤의 꿈》은 어떤 귀족의 결혼 축하연을 위해 제작된 것이 분명하다. 셰익스피어의 극이 그의 소속 극단에 의해 일리저베드 여왕이나 제임즈 1세 어전에서 상연되었다는 기록들이 더러 있다. 셰익스피어의 극에는 여왕을 찬양한 구절들이 여기저기 나타나 있고,《맥베드》와 같은 극은 제임즈 1세를 위해 쓰여진 것으로 보이고 있다.

다음의 낭만 희극《베니스의 상인》(1596~1597)은 그의 극중에서 가장 유명한 극의 하나로, 그 이유는 아마 여기에 등장하는 유대인 고리대금업자 샤일록의 성격 창조 때문일 것이다. 동기야 어떻든 결과적으로 샤일록은 비극적인 인물이 되고 말았다. 낭만 희극을 불구(不具)로 하고 만 셈이다. 그러니 이 극은 비록 유명하긴 하지만 좌절된 낭만 희극이라고 할 수 있다. 재판 장면에서 포셔의 자비론(慈悲論) 또한 유명한 대사이긴 하지만, 이것 역시 그리스도교의 위선의 냄새를 풍기고 있다.

《헛소동》(1598~1599)은 낭만극 치고는 당치도 않게 음모, 간계를 주제로 한 극이다. 그 음모는 비극《오델로》와 같은 성질의 것이다. 그러나 이 극이 비극으로 결말지어지지 않고 행복한 끝을 맺게 되는 것은 아직 작가에 있어 내면적인 폭풍이 휘몰아쳐 오지 않고, 이성과 상식의 정신이 작가의 마음을 지배하고 있는 탓이라 하겠다.《뜻대로 하세요》(1599~1600)는 목가적인 전원극이다. 그러한 그 목가의 이면에는 골육상잔(骨肉相殘)이 도사리고 있다.《십이야》(1599~1600)는 정묘한 낭만 희극이면서도 거기에는 청교도와 당국에 대한 사정없는 풍자가 담겨져 있다. 이렇듯 이상의 모든 낭만 희극들이 즐겁고 명랑한 외관의 밑바닥에 모두가 비극적인 문제점을 안고 있다.

이와 같이 셰익스피어는 즐거움 속에서도 슬픔을 잊지 않았으며, 감미로운 사랑을 맹세할 때도 시간의 잔인한 낫이 그 사랑을 내리치는 소리를 귓전에 아니 들을 수 없었던 것이다. 그의 이중 영상은 점점 심오해져 간다. 특히 현상과 실재 사이의 파행(跛行)의 인식은 더욱 심각해져 간다. 그의 통찰과 인식이 깊어지고 표현 기술이 능숙해지자, 그는 본격적으로 비극의 문제와 씨름을 시작했다. 비극기에 접어들 무렵에 낭만 희극과는 다소 이질적인 《윈저의 명랑한 아낙네들》(1600~1601)이 나왔다. 《헨리 4세》 극에서 활약한 바 있는 근대적 인물 폴스태프의 희극성에 감명을 받은 일리저베드 여왕이 폴스태프가 사랑을 하는 희극을 보여 달라는 요청을 하자, 그 요청에 의해 이 극이 집필되었다고 전해진다. 그러나 이 극에서의 폴스태프는 이미 전날의 생기를 잃고 있다.

위대성의 개화

셰익스피어의 비극기(悲劇期)는 《줄리어스 시저》(1599)를 가지고 막이 열린다. 고매한 이상을 가진 브루터스는 로마의 독재화를 막기 위해 시저를 쓰러뜨린다. 그러나 냉혹한 정치 세계에서 이상주의는 현실에 패배할 수밖에 없다. 셰익스피어가 비극을 쓰게 된 내적인 동기는 앞에서 언급했지만, 그 동기를 외적으로 추구하는 학자들이 있다.

그것은 에섹스 백작의 실각 사건(1601)이다. 당시 에섹스 백작은 일리저베드 여왕의 궁정에서 정신(廷臣)의 정화(精華)이자 권력의 상징이었다. 그는 또한 여왕의 사촌뻘로 한때는 여왕의 가장 두터운 총애를 받았고, 여왕의 배필 후보자로까지 지목되던 인물이다. 또한 셰익스피어의 후원자 사우샘프턴 백작과는 친밀한 사이였다. 에섹스 백작은 아일랜드 반란군 진압 사령관으로서의 임무를 다하지 못한 책임에다, 여왕의 시녀와 벌인 연애 사건으로 여왕의 노여움을 사게 되었다. 에섹스 백작은 평소 자신을 리처드 2세를 타도한 헨리 볼링브루크에 비교하고 있었다. 그는 쿠데타를 결심하고, 거사 전날 밤 셰익스피어의

극단으로 하여금《리처드 2세》를 〈글로브 극장〉에서 상연케 하였다. 그리고 그 이튿날 그는 부하 일당을 거느리고 런던 시내로 몰려 들어가며 시민들의 호응을 기대했다. 그러나 시민들은 아무런 반응이 없었고 그의 거사는 실패로 돌아갔다. 그로 인해 그는 사형을 선고받았다. 여기에는 그의 강력한 정적(政敵) 로버트 세실의 작용도 있었다. 에섹스 백작은 이제 형장의 이슬로 사라지고, 그의 친한 친구이자 셰익스피어의 후원자인 사우샘프턴 백작도 실각하게 된다.

거사 전날 밤《리처드 2세》를 〈글로브 극장〉에서 상연한 일로 해서 셰익스피어의 극단도 당국으로부터 문책을 받게 되었으나, 별 탈은 없었다. 천하를 주름잡던 세도가가 갑자기 실각하고 만 것이 셰익스피어에게는 과연 어떻게 비쳤을까? 더구나 실각의 주인공은 그의 친지였으니 말이다. 에섹스 백작의 모반 사건은 1601년 셰익스피어가 서른일곱 살 때의 일이었다. 당시 크고 작은 쿠데다 사건은 끊임없이 일어났다. 유대인 의사 로페츠의 여왕 암살 음모 사건은《베니스의 상인》샤일록에 암시되어 있고, 의사당 폭파 사건은《맥베드》의 문지기의 대사에서 언급되고 있다. 이와 같이 셰익스피어의 작품에는 당시 시사적인 사건이며, 관습적인 일 등이 여러 곳에서 언급되고 있다.

오늘 날 역사적 비평은 그런 문제들을 샅샅이 해명하고 있다. 일리저베드 여왕은 국민과 일치할 수 있는 위대한 영도자였으며 이 시대에 영국이 비약적인 발전을 한 것은 사실이지만, 당시 종교 문제, 대외 문제, 여왕 후계자 문제 등 전진을 위한 진통이 필연적인 현상으로 크고 작은 반역 사건이 잇달아 일어났다. 따라서 확고한 안정이 요청되었으므로 여왕은 정권을 유지하기 위해 에섹스 백작의 경우와 마찬가지로 무자비한 숙청을 하지 않을 수 없었다. 당시 역적의 죄목 아래 교수대의 제물이 된 고관대작들은 부지기수였다. 맥베드가 덩컨 왕을 암살하고 나오는 장면에서 피가 낭자한 자기 손을 보고 '이 망나니의 손' 이라고 한 구절이 있다. 당시 사형 집행관은 교수대에서 죄수를 처형하고 나면 곧 시체의 배를 단도로 갈라 내장을 사방에 뿌리는 관습이 있었다. 어떤 사형집행관은 그 솜씨가 어떻게나 익숙했던지 사형 직후 시체에서 염통을 도려냈을 때 그 염통이 그대로 고동치고 있었다고 한다. 사형 집행관들의 솜씨가 이 경지에 도달할 만큼 역적의 처형이 잦았던 것이다. 그리고 역적의 머리는 런던 탑 위에 내걸려졌다. 셰익스피어는 이들의 죽음에 심적인 타격을 입은 바 있다. 그래서 이들의 죽음과 엑섹스 백작의 실각 등을 그의 비극기의 외적 동기로 보는 학자들이 있다.

그의 비극기에는 세 편의 희극《트로일러스와 크레시더》,《끝이 좋은면 다 좋다》,《이척 보척》 등이 있다. 이 희극들은 초기 희극, 제 2기의 낭만 희극들과는 전혀 다른 어두운 희극들이다. 학자들은 근래에 이 희극을 '문제극' 이라고 이름을 붙였다.《트로일러스와 크레시더》(1601~1602)는 배신과 혼란이 주제가 된다. 문제는 미해결의 장(章)으로 남을 뿐 아니라 뒷맛이 씁쓸하고 개운치 않은, 이름만의 희극이다. 또한 이 극은 당시 영국의 신구(新舊) 두 사상이 소용돌이치던 세태의 일면을 보여 준다.《끝이 좋은면 다 좋다》(1602~1603)는 그 제목이 말하는 바와 같이 끝만이 해피엔딩으로 끝나는 역시 씁쓸한 희극이다. 사랑을 위해 간계의 수단이 이용되는 희극이다.《이척 보척》(1604~1605)은 부패와 위선의 악취가 코를 찌르는 희극이다. 이 세 편의 희극들은 모두 비극의 비전에서 쓰인 것이며, 작가가 다만 끝맺음만을 희극으로 맺은 것이다.

셰익스피어의 대비극에는 왕후 귀족 등 위대한 인물들이 등장한다. 그리고 그 비극은 주인공들의 성격 결함에 의한 내적 갈등이 보다 큰 비중을 차지한다. 이들 성격 비극은《로미오와 줄리엣》이나 '그리스 비극' 등의 운명 비극과는 차원이 다른 것이다. 게다가 그 주제는 제왕의 이미지를 요란스럽게 울려댄다. 거기에는 국가 사회 질서의 파괴와 그 회복이라는 거대한 전제가 있기 마련이다. 실체와 외관은 깊이 통찰되고 이중 영상은 심오하리만큼 입체적, 동적이다.

《햄릿》(1600~1601)은 너무나도 유명한 극이다. 이 극의 주인공은 앞서 논한 엑섹스 백작과도 일맥상통하는 점을 가지고 있다. 이 극에서도 인간 본질의 이원성이 여실히 파헤쳐지고 있다. 이성과 감정, 망상과 행동, 천사와 악마, 판단력과 피의 복수 등 작가의 이중 영상이 다각도로 표현된 작품이다. 《오델로》(1604)는 대비극들 중에서도 그 배경 설정이 특이한 극이다. 주인공들의 운명과 국가 사회의 운명과는 무관하다. 가정 비극으로 신의와 질투와 음모를 주제로 한 비극이다. 《리어 왕》(1605)은 망은, 배신, 분노 등을 주제로 한 엄청나게 거대한 비극이다. 《맥베드》(1606)는 시역자(弑逆者), 악인이 겪는 심적 고통을 그린 악몽의 비극이다. 같은 악인이라도 리처드 3세는 맥베드와 같은 심적 고통은 겪지 않고 악을 실컷 발휘한 후, 그저 절망 속에 죽을 뿐이다. 맥베드 또한 절망 속에 죽는다. 다른 비극의 주인공들이 영혼의 구원을 받고 죽는데 반해 맥베드는 절망 속에 죽는다. 이보다 비참한 비극은 없을 것이다.

《엔토니와 클레오파트라》(1606~1607)와 《코리올레이너스》(1607)는 《줄리어스 시저》와 더불어 로마사에 의거한 사극들이다. 《엔토니와 클레오파트라》는 거의 우주적인 규모의 초월적인 인간주의가 전개되는 대비극이다. 《코리올레이너스》는 취약한 또는 위선적인 애국심을 바탕으로 한 거인의 비극에다 군중의 가공할 힘을 엿보여 주고 있다. 《아테네의 타이먼》(1607~1608)은 '리어 왕'과 쌍둥이로 그 사산아로 보여질 만큼 주인공의 인간 혐오와 반응의 주제는 자못 시니컬하다.

1607년 6월 5일 셰익스피어는 고향에 돌아왔다. 장녀 스잔나는 유능한 의사 존 홀과 결혼했다. 1608년 2월 7일에는 외손녀 일리저베드의 탄생을 보았다. 이 무렵 영국의 극장은 종래의 노천극장보다 옥내 소극장으로 그 취향이 변해 갔다. 셰익스피어 극단은 이미 오래전부터 블랙프라이어즈 옥내 소극장에서 겨울철이나, 야간이나, 우천에도 귀족 등 소수의 상류 계급 관객들을 상대로 공연을 하고 있었다.

만년

셰익스피어가 만년에 정착한 곳은 로맨스였다. 낭만극은 이 무렵의 조류이기도 했다. 그의 낭만극은 모두 다 음모, 배신에 의한 혈육의 이산(離散)으로부터 재회와 상봉, 그리고 관용과 화해를 주제로 한 것이었다. 《페리클리즈》(1608~1609), 《심벨린》(1609~1610), 《겨울 이야기》(1610~1611) 등은 모두 혈육의 상봉과 관용의 극들이다. 마지막 로맨스 《태풍》(1611~1612)의 주인공이 마의 지팡이를 바닷속에 버리고 귀향하는 모습은 극작의 영필을 버리고 귀향하는 작가 자신을 연상케 한다. 비극으로부터 낭만극으로의 변천을 두고 셰익스피어 자신이 신교로 귀의했다고 논하는 상징주의적 해석도 있다. 이제 비극 시대와 같은 고뇌와 부조리는 가셔지고 신에게 귀의한 종교적 신앙의 은총이 유난히 돋보이게 된다. 마지막의 또 한편의 고립된 사극 《헨리 8세》(1612~1613)는 합작설이 유력하다.

셰익스피어는 젊어서부터 건실하고 실리적인 경제관념을 가지고 있었다. 그의 생활 태도에는 절도가 있었으며, 성품은 온화하고 언행이 일치했으며, 은퇴

할 무렵에는 고향에서 생활이 윤택했으며, 은퇴한 후에도 가끔 런던을 방문한 듯하다. 그의 은퇴 후, 벤 존슨이 영국 최초의 계관시인이 된 것을 축하하며 몇몇 친구들과 스트래트퍼드에서 만나서 주연을 가진 후 셰익스피어는 발병하여 52세에 사망하였다. 그의 기일은 1616년 4월 23일이다. 유해는 고향의 홀리 트리니티 교회 가장 안쪽에 가족들의 유해와 함께 잠들어 있다.

셰익스피어는 실존 인물인가?

셰익스피어의 전기 기록은 당시 문인의 사회적 지위로 비추어 볼 때 놀라울 만큼 풍부한 셈이다. 정통파 학설은 스트래트퍼드 출신의 극작가 셰익스피어를 믿어 의심치 않지만, 일부 저널리즘 계통으로부터 심심찮게 그의 생애에 관해 이설이 제시되고 있다. 독자들의 오해를 풀기 위해 이설의 정체를 간단히 소개해 두겠다.

그 하나는 1759년 어떤 광대극의 다음과 같은 대사에서 비롯된다. '셰익스피어의 저자는 벤 존슨이다.', '아니다, 그것은 피니스(Finis)이다. 그의 전집 맨 끝에 그렇게 적혀 있지 않더냐?', 이와 같은 웃지 못할 대사가 있지만, 이로부터 약 백 년 후 셰익스피어의 저자는 프랜시스 베이컨(Francis Bacon)이라는 이설이 심각하게 대두되기 시작했다. 그런데 이 이설들의 바닥에는 다음과 같은 의혹이 깔려 있었다. 셰익스피어와 같은 엄청나게 위대한 시와 철학을 과연 어떤 사람이 모조리 지닐 수 있겠는가? 이것이 가능하다고 하더라도 그 사람은 박식하고, 세도 있고, 견문이 넓으며, 외국어에도 능숙한 사람이어야 하지 않겠는가? 그렇다면 스트래트퍼드 출신의 촌뜨기 배우가 과연 그렇다는 증거가 어디 있는가?

정통파의 견해로는 당시의 문인치고 셰익스피어는 전기가 많은 편이라고는 하지만, 그의 공적, 사적, 외적, 내적인 사실과 기록은 그토록 위대한 작가의 기록치고는 아주 적은 편이다. 그래서 그를 우상같이 숭배하는 사람들은 역설 같지만 그 우상의 진흙으로 만들어진 다리를 찾기 시작했다. 범인(凡人)은 그와 같이 위대한 작품을 쓰지 못할 것이다. 따라서 셰익스피어는 범인일 수 없으며, 그 작가는 그와 같은 요건을 충족시키는 특수 인물일 것이라는 설이다. 이것은 마치 추리 소설과도 같은 이야기다. 여기에 또 한 가지 중요한 충족 여건이 있다. 그것은 그가 어떤 이유가 있어 자기 이름을 정면으로는 밝힐 수 없었을 것이라는 설이다.

프랜시스 베이컨이 같은 시대인으로서는 그와 같은 요건을 모두 갖추고 있다. 그리하여 베이컨을 셰익스피어 극의 작가라고 하는 주장이 특히 미국에서 한때 상당히 유력했다. 게다가 베이컨은 또 암호법에 조예가 깊었다. 작품 안에 저자가 베이컨임을 알아볼 수 있게 하는 암호들이 산재해 있다는 것이다. 예를 들어 《사랑의 헛수고》(제 5막 제 1장)에 나오는 'honorificabilitudinitatibus' 라는 조어의 뜻은 '프랜시스 베이컨의 정신적 소산인 이 극들은 후세에 영속하리라' 를 뜻하는 라틴어의 암호라고 풀이하라는 이설이 있다. 그 근거는 그의 극의 출원이 여러 가지로 확실한 것으로 미루어 각색 또한 여러 사람의 공동 집필로 이루어진 것이며, 프랜시스 베이컨과 월터 롤리의 공동 집필, 또는 옥스퍼드 백작을 중심으로 한 베이컨, 말로, 롤리, 더비 백작, 러틀런드 백작, 팸브루크 후작 부인 등의 집단 집필로서, 이때 연극 기교에 관한 전문 지식이 요청되었을 것이므로, 셰익스피어는 그 편찬 또는 교정 같은 일을 했을 것이다.

셰익스피어의 결혼에 관계되는 기록으로서, 1582년 11월 27일자 우스터 주교 교구 기록에 'Wm Shakspere and Anna Whateley' 라는 기록과 그 다음 날짜에 'Willm Shakspere to Anne Hathaway' 라는 기록이 있는데, 정통파에서는 'Whateley' 는 'Hathaway' 의 오기일 것이라고 보고 있지만, 1939

년과 1950년에 각각 다른 스코틀랜드 학자가 주장하기를, 미스 휫틀리(Miss Whateley)는 셰익스피어의 애인으로 앤 해서웨이에게 패배하여 수녀가 되어 셰익스피어와는 정신적으로 결합하여 그와 같은 극을 함께 제작했을 거라는 것이다.

다음으로 말로 설이 있는데, 셰익스피어와 태어난 해가 같으나, 요절한 말로의 셰익스피어에 대한 영향은 정통파에서도 인정하고 있는 바이지만, 근래에 미국의 신문 기자 캘빈 호프맨은《셰익스피어라는 사람의 살해 문제》라는 저서에서 말로는 그의 후원자 토머스 월징엄(T. Walsingham)경의 사주자들의 손에 살해된 것이 아니라, 그가 무신론자로서 처형되는 것을 미리 막기 위해 월징엄 경이 피살을 가장하여 그를 유럽 대륙으로 도피시킨 것이다. 그래서 그는 후일 비밀리에 귀국하여 월징엄 경의 집에 은신하여 셰익스피어라는 이름으로 극작을 발표한 것이라고 주장했다. 호프맨은 또한 월징엄 경의 무덤을 발굴하는 허가를 얻어 발굴에 착수했으나, 거기에 있으리라고 예상했던 셰익스피어의 원고는 발견되지 않았고 미처 무덤 현실까지는 파보지 못한 채 발굴을 중단당한 일이 있었다. 그래서 요사이 스트래트퍼드에 있는 셰익스피어의 무덤을 발굴해 보자는 말도 있다.

다음은 옥스퍼드 백작 설이다. 옥스퍼드 백작 에드워드드 비어의 가문(家紋)의 하나로 사자가 창(spear)을 휘두르고 있는(shake) 것이 있다. 그의 별명이 '창을 휘두르는 사람(speare shaker)' 이었으며, 그는 사우샘프턴 백작과 더불어 셰익스피어의 후원자로 알려진 사람인데, 사우샘프턴 백작이 그와 일리저베드 여왕 사이의 소생이라는 풍문이 나돌 정도였던 만큼, 그와 궁정과의 어떤 부득이한 사정 때문에 그는 자기의 작품에 셰익스피어라는 가명을 사용했거나, 스프래트퍼드 출신의 배우 셰익스피어의 이름을 빌려 쓴 것이라는 이설이 있다.

또는 셰익스피어라는 스트래트퍼드 출신의 대금업자가 궁색한 극작가들에

게 금전을 융통해 준 대가로 작품의 작가를 자기 이름으로 하게 했을 것이라는 이설도 있다. 또 하나의 이설은 그의 《소네트 집》에 나오는 'Mr. W. H.' 가 누구냐?, '흑발의 미녀(dark lady)' 나 '미청년(fair youth)' 은 과연 누구냐? 하는 것이다.

그의 소네트가 원래 개성적인 요소를 강하게 풍기고 있기 때문에 이 점들에 관해서는 정통파 학자들 사이에도 논쟁이 분분하지만, 말로 설의 주장자들은 '미청년' 을 당시의 동성애와 관련시켜 말로의 동성애를 증거로 셰익스피어 소네트의 저자를 말로라 단정하고, Mr. W. H.를 앞서의 월징엄의 약기(略記)라고 주장한다.

같은 자료와 같은 사실을 가지고 이러한 설들은 이렇게 기묘한 결론에 도달하고 있지만, 오늘 날 정통파 학자들은 스트래트퍼드의 셰익스피어의 실존성에 대해 추호도 의심하지 않는다.

셰익스피어의 연표

1556년

존 셰익스피어, 스트래프퍼드 온 에이븐의 헨리 가(街)와 그린힐 가(街)에 주택을 구입.

1557년

존, 윌코트의 메리 아든과 결혼.

1558년

일리저베드 여왕 즉위.

존의 장녀 쥬오운 출생(9월 10일 세례).

존, 시의 치안관에 선임.

1559년

존, 스트래트퍼드 시의 벌금부과역에 취임.

1561년

존, 시의 재무관에 취임.

1562년

존의 차녀 마거레트 출생(12월 2일 세례).

1563년

마거레트 사망(4월 30일 매장).

1564년

존의 장남 윌리엄 셰익스피어 출생(4월 23일?).

윌리엄, 호울리 트리니티 교회에서 세례(4월 26일).

존, 역병으로 인한 빈민의 구제를 위해 다액의 기부를 함.

1565년(1세)

존, 시의 참사의원으로 피선.

1566년(2세)

존의 차남 길버트 출생(10월 13일 세례).

1568년(4세)

존, 시장에 취임.

1569년(5세)

존의 3녀 쥬오운 출생(4월 15일 세례. 사망한 장녀와 이름이 같음).

1571년(7세)

존, 시 참사원의 의장 격인 치안관에 취임.

존, 리처드 퀴니 상대로 50파운드의 채권 독촉의 소송을 제기함.

존의 4녀 앤 출생(9월 28일 세례).

1572년(8세)

귀족의 보호 없는 배우는 불량배로 취급되는 조령(條令)이 포고됨.

1573년(9세)

존, 헨리 히그퍼드에 의해 30파운드의 채무 이행의 소송을 받음.

1574년(10세)

존의 3남 리처드 출생(3월 11일 세례).

역병으로 인해 런던에서 연극 상연 금지.

1575년(11세)

존, 주택 구입에 40파운드 투자.

1576년(12세)

런던에 최초의 공개 상설극장의 건립 착수. 이것은 '극장' (The Theatre)이라 불리어졌음.

1577년(13세)

존, 이 무렵부터 공식 석상에 나타나지 않음.

1578년(14세)

존, 가옥을 담보로 40파운드의 빚을 냄(11월 14일).

1579년(15세)

존, 아내의 재산을 일부 처분함.

4녀 앤의 사망(4월 4일 매장).

1580년(16세)

존, 아내의 재산을 저당함.

존의 4남 에드먼드 출생(5월 3일 세례).

1582년(18세)

윌리엄 셰익스피어와 앤 휫틀리(Anne Whateley)와의 결혼 허가서 발행(11월 27일).

윌리엄 셰익스피어와 앤 해더웨이(Anne Hathaway)와의 결혼 보증인 연서(11월 28일. 이날 결혼함).

1583년(19세)

윌리엄의 장녀 수자나 출생(5월 28일 세례).

1584년(20세)

작자 미상의《왕후귀감》을 웨스툰이 편찬하여 출판.

1585년(21세)

윌리엄의 쌍동아 햄네트(장남)와 주디드(차녀) 출생(2월 2일 세례).

1586년(22세)

필리프 시드니 전사(戰死).

1587년(23세)

존, 시 참사의원에서 제명당함. 윌리엄, 이 무렵에 상경(?).

스코틀랜드의 메리 여왕, 엘리자베스 여왕에 의해 처형됨(2월 8일).

1588년(24세)

스페인의 무적함대, 영국 해군에게 격파당함(7월 28일).

1590년(26세)

《헨리 6세》 제 2부와 제 3부 집필(?).

1591년(27세)

《헨리 6세》 제 1부 집필(?)

1592년(28세)

《헨리 6세》 제 1부, 〈스트레인지 소속 극단〉에 의해 상연(?)(3월 3일).

로버트 그린, '삼문제사' 에서 셰익스피어를 비난.

이 해 후반에 역병으로 런던의 극장 폐쇄.

존, 교회 불참자의 명단에 기록됨.

《리처드 3세》 집필(1592~1593년).

《착오 희극》 집필(1592~1593년).

《비너스와 아도니스》 집필(1592~1593년).

1593년(29세)

《비너스와 아도니스》 출판 등록(4월 18일). 같은 해에 4절판으로 출판(양 4절판).

《타이터스 앤드로니커스》 집필(1593~1594년).

《말광량이 길들이기》 집필(1593~1594년).

《루크리스의 능욕》 집필(1593~1594년).

극작가 크리스토퍼 말로 살해당함(5월 30일).

1594년(30세)

윌리엄, 〈궁내대신 소속 극단〉(Lord Chamberlain' s Men)에 단원으로 참가.

《타이터스 앤드로니커스》 출판 등록(2월 6일), 동년에 4절판으로 출판(양 4절판).

《헨리 6세》 제 2부 출판 등록(3월 12일), 동년에 악 4절판 출판.

《루크리스의 능욕》 출판 등록(5월 9일), 동년 4절판으로 출판(양 4절판).

《착오 희극》 그레이 법학원에서 상연(12월 28일).

《베로나의 두 신사》 집필(1594~1595년).

《사랑의 헛수고》 집필(1594~1595년).

《로미오와 줄리엣》 집필(1594~1595년).

1595년(31세)

윌리엄, 〈궁내대신 소속 극단〉 단원으로서 최고의 기록(3월 15일).

《리처드 2세》 집필(1595~1596년).

《리처드 2세》 상연(12월 9일).

《한여름 밤의 꿈》 집필(1595~1596년).

1596년(32세)

장남 햄네드 사망(8월 11일 매장).

부친 존, 문장(紋章)의 사용을 허가 받음(10월 20일)

《존 왕》 집필(1593~1596년).

《베니스의 상인》 집필(1596~1597년).

1597년(33세)

윌리엄, 이 무렵 런던의 세인트 헬렌의 비셥게이트에서 거주함.

윌리엄, 스트래트퍼드에서 가장 아름답고 둘째로 큰 저택 뉴 플레이스(New Place)를 윌리엄 언더힐로부터 40파운드에 구입함(5월 4일).

《리처드 2세》 출판 등록(8월 29일), 동년 출판(양 4절판).

《리처드 3세》 출판 등록(10월 20일자), 동년 출판(양과 악의 중간의 4절판).

《로미오와 줄리엣》 악 4절판 출판.

《헨리 4세》 제 1부와 제 2부 집필(1597~1598년).

《사랑의 헛수고》, 크리스마스에 궁정에서 상연.

1598년(34세)

《헨리 4세》 제 1부 출판 등록(2월 25일), 동년 출판.

《소네트 집》 거의 완성(?).

수상인 윌리엄 세실 사망.

《베니스의 상인》 출판 저지 등록(7월 22일).

윌리엄, 벤 존슨의 〈각인 각색〉에 출연(9월).

《사랑의 헛수고》 양 4절판 출판.

《헛소동》 집필(1598~1599년).

《헨리 5세》 집필(1598~1599년).

프랜시스 미어스의 수기《지식의 보고》출판, 이 책에는 셰익스피어에 관한 여러 가지 언급이 있다.

1599년(35세)

시인 에드먼드 스펜서 사망.

풍자문학 금지(6월 1일).

에섹스 백작, 아일랜드 원정 실패.

〈궁내대신 소속 극단〉의 본거인 〈지구극장〉 개장.

《줄리어스 시저》 집필, 동년 〈지구극장〉에서 상연(9월 21일).

《로미오와 줄리엣》 양 4절판 출판.

《뜻대로 하세요》 집필(1599~1600년).

《십이야》 집필(1599~1600년).

1600년(36세)

동인도회사 설립.

《뜻대로 하세요》 출판 보류 등록(8월 4일).

《헛 소동》 출판 보류 등록(8월 4일), 출판 등록(8월 23일), 동년 출판(양 4절판).

《헨리 4세》 제 2부 출판 등록(8월 23일), 동년 출판(양 4절판).

《헨리 5세》 출판 보류 등록(8월 23일), 동년 악 4절판 출판.

《한여름 밤의 꿈》 출판 등록(10월 8일).

《윈저의 명랑한 아낙네들》 집필(1600~1601년).

1601년(37세)

부친 존 사망(9월 매장).

〈궁내대신 소속 극단〉 에섹스 백작 일당의 요청에 의해 왕위 찬탈극《리처드 2

세》를 〈지구극장〉에서 상연(2월 7일).

에섹스 백작, 런던에서 쿠데타를 거사하여(2월 8일), 사형에 처해짐(2월 24일).

《십이야》 궁정에서 상연(1월 6일).

《햄릿》 집필(1601~1602년).

《트로일러스와 크레시더》 집필(1601~1602년).

1602년(38세)

이 무렵 크리폴게이트(런던)에서 하숙.

스트레트퍼드 교외에 107에이커의 토지를 320파운드에 매입(5월 1일).

《윈저의 명랑한 아낙네들》 출판 등록(1월 18일), 동년 악 4절판 출판.

《햄릿》 출판 등록(7월 26일).

《끝이 좋으면 다 좋다》 집필(1602~1603년).

1603년(39세)

일리저베드 여왕 사망(3월 24일), 튜더 왕조 끝남.

제임즈 1세 즉위하여 스튜아트 왕조 출발.

〈궁내대신 소속 극단〉, 제임스 1세의 후원 아래 〈국왕 소속 극단〉으로 됨(5월 19일).

역병으로 해서 런던의 극장들은 1년이나 폐쇄.

《트로일러스와 크레시더》 출판 등록(2월 7일).

《햄릿》 악 4절판 출판.

1604년(40세)

《오델로》 집필, 동년 11월 1일 궁정에서 상연.

《이척보척》 집필(1604~1605년), 동년 12월 26일 궁정에서 상연.

《햄릿》 양 4절판 출판.

1605년(41세)

〈국왕 소속극단〉《헨리 5세》를 궁정에서 상연(1월 7일).

〈국왕 소속극단〉《베니스의 상인》을 궁정에서 상연(2월 10일).

의사당 폭파 음모 사건 발각됨(12월 5일).

윌리엄, 스트래트퍼드와 그 인접 지역의 31년 간의 10분의 1세(稅)의 권리를 440파운드로 매입(7월 24일).

《리어왕》 집필(1605~1606년).

1606년(42세)

의사당 폭파 음모 사건의 주모자 헨리 가네트의 처형(5월 3일).

무대에서 신을 모독하는 말을 쓰지 못하게 하는 조령(條令) 포고(5월 27일).

《맥베드》 집필.

《리어 왕》 궁정에서 상연(12월 26일).

《앤토니와 클레오파트라》 집필(1606~1607년).

1607년(43세)

장녀 수자나, 의사 존 홀과 결혼(6월 5일).

《리어 왕》 출판 등록(11월 26일).

《코리올레이너스》 집필.

《아테네의 타이먼》 집필.

1608년(44세)

시인 존 밀턴 출생.

수자나의 장녀 일리저베드 출생(2월 8일 세례).

모친 메리 사망(9월 9일 매장).

윌리엄, 존 애든브루크를 상대로 6파운드의 채권에 관해 소송을 제기하여 승소함(12월 17일~1609년 6월 7일).

〈국왕 소속극단〉이 실내 극장인 〈블랙프라이어즈〉를 매입, 윌리엄도 8분의 1의 주주가 됨(8월 9일).

《앤토니와 클레오파트라》 출판 저지 등록(5월 20일).

《리어 왕》 출판(양과 악의 중간의 4절판).

《페리클리즈》 집필(1608~1609년), 동년 출판 등록(5월 20일).

1609년(45세)

《트로일러스와 크레시더》 출판(양 4절판).

《소네트 집》 출판 등록(5월 20일), 동년 출판.

《페리클리즈》 출판(양 4절판).

《심벨린》 집필(1609~1610년).

1610년(46세)

윌리엄, 이 무렵에 고향에 은퇴(?).

《겨울 이야기》 집필(1610~1611년).

1611년(47세)

《흠정 영역 성서》 출판.

점성가 사이먼 포맨, 〈지구극장〉에서 셰익스피어의 극을 관람한 기록이 있음. 《맥베드》 (4월 20일), 《심벨린》 (4월 하순), 《겨울 이야기》 (5월 15일) 등.

《태풍》 집필(1611~1612년), 동년 궁정에서 상연(11월 1일).

1612년(48세)
윌리엄, 벨로트 마운트조이의 소송사건에 증인으로 출두(5월 11일, 6월 19일).
일리저베드 왕녀의 결혼 축하와 외국 사절들을 위해 〈국왕 소속 극단〉은 이 해 겨울부터 1613년에 걸쳐 20회 이상의 공연을 함.
《헨리 8세》 집필(1612~1613년).

1613년(49세)
〈국왕 소속 극단〉, 〈지구극장〉에서 《헨리 8세》를 상연(6월 29일).
이날 상연 때의 축포의 불꽃에 인화하여 〈지구극장〉 소실. 곧 재건립에 착수.

1614년(50세)
제2의 〈지구극장〉 6월(?)에 준공.
윌리엄, 상경(11월 17일).

1616년(52세)
윌리엄, 유언장을 기초(起草)(1월 ?).
차녀 주디드, 토머스 퀴니와 결혼(2월 10일).
윌리엄, 유언장을 다시 정리 작성하여 서명함(3월 25일).
윌리엄, 사망(4월 23일), 스트래트퍼드의 호울리 트리니티 교회에 매장(4월 25일).

1619년
토머스 파비어, 셰익스피어의 선집 출판(《헨리 6세》 제 2·3부, 《베니스의 상인》, 《헨리 5세》, 《한여름 밤의 꿈》, 《윈저의 명랑한 아낙네들》, 《리어 왕》, 《페리클리즈》 등이 수록됨).

W· 자가드, 불법으로 셰익스피어의 전집을 2절판으로 출판 기도.

1621년

《제일 2절판 전집》 인쇄 착수(4월 ?).

《오델로》 출판 등록(10월 6일).

1622년

《오델로》 출판(양 4절판).

1623년

윌리엄의 아내 앤 사망(8월 6일 매장).

셰익스피어 극의 전집 출판을 위해《태풍》을 비롯하여 16편 극의 출판 등록(11월 8일).

셰익스피어의 동료 배우 존 헤밍그와 헨리 콘델에 의해 편찬된 셰익스피어의 극 전집《제일 2절판 전집(The First Folio) 출판(연말 ?). 이 전집에는《페리클리즈》와 시는 포함되어 있지 않음.

memo